AUTORAS BESTSELLERS DO *NEW YORK TIMES*

VI KEELAND & PENELOPE WARD

O PACTO DE NATAL

Editora Charme

1ª Impressão 2022

Capa - Audible Originals, LLC and Monika Roe
Adaptação da capa e Produção Editorial - Verônica Góes
Fotos internas - AdobeStock
Tradução - Sophia Paz
Preparação - Alline Salles
Revisão - Equipe Charme

Esta obra foi negociada por Brower Literary & Management.

CIP-BRASIL. CATALOGAÇÃO NA PUBLICAÇÃO
SINDICATO NACIONAL DOS EDITORES DE LIVROS, RJ

K37p

Keeland, Vi
O pacto de natal / Vi Keeland, Penelope Ward ; tradução Sophia Paz. - 1. ed. - Campinas [SP] : Charme, 2022.
144 p. ; 22 cm.

Tradução de: The Christmas pact
ISBN 978-65-5933-097-3

1. Romance americano. I. Ward, Penelope. II. Paz, Sophia. III. Título.

CDD: 813
22-80754 CDU: 82-31(73)

Meri Gleice Rodrigues de Souza - Bibliotecária - CRB-7/6439

Editora Charme

www.editoracharme.com.br

AUTORAS BESTSELLERS DO *NEW YORK TIMES*

VI KEELAND & PENELOPE WARD

O PACTO DE NATAL

TRADUÇÃO: SOPHIA PAZ

Editora Charme

CAPÍTULO 1

RILEY

Aff. De novo, não.

Uma sensação de pavor me tomou assim que vi o nome *dele* aparecer na minha caixa de entrada. Bem, na verdade, era o meu nome, só que ao contrário — *Kennedy Riley.* O cara era um babaca dos grandes. Ele trabalhava em nossa empresa-irmã do outro lado da cidade. De vez em quando, alguém confundia nossos e-mails e recebíamos as mensagens um do outro. Riley.kennedy@starpublishing.com era bem fácil de confundir com kennedy.riley@starpublishing.com. Sempre que eu recebia um e-mail obviamente para ele, educadamente o encaminhava para o destinatário correto. Sem dar uma espiadinha. No entanto, quando os papéis se invertiam, não era tão agradável assim. O filho da puta intrometido tinha a coragem de não apenas ler meus e-mails, mas também dissecá-los e dar seus conselhos não solicitados. Com sorte, o que quer que estivesse no meu e-mail que ele recebeu desta vez era inofensivo.

Eu cliquei.

Não.

Não! Não! Não!

Fechei os olhos, mal abafando um gemido. De todos os e-mails que aquele homem poderia receber, *tinha* que ser este? Afundei na cadeira e considerei seriamente me esconder debaixo da mesa. Eu não conseguia nem imaginar o que ele teria a dizer sobre o fato de que escrevi para a coluna *Pergunte a Ida.* Dan Markel, da área de publicidade, mantinha uma garrafa de uísque na última gaveta, achando que ninguém percebia, mas todos nós sabíamos. Nesse momento, eu realmente precisava pegá-la emprestado. Suspirei e comecei a ler o texto de encaminhamento de Kennedy:

> Riley, Riley, Riley.
>
> O que vou fazer com você?
>
> Em primeiro lugar, sua mãe... ela parece um verdadeiro docinho. Por que você se importa com o que ela pensa? Claramente, ela é uma narcisista materialista e egocêntrica. Se quer saber minha opinião, as pessoas que escrevem aquelas cartas de Natal cafonas e exibidas se gabando, geralmente são solitárias.

Meu sangue começou a ferver. Eu *não* tinha perguntado a ele. E ele teve *coragem* de falar sobre a minha mãe. Que porra ele sabia sobre ela? Claro, meu e-mail tinha dito uma ou duas coisas, mas isso era para ser privado, não para sua leitura ou análise. Além disso, você sabe como são as coisas em família... *Eu* poderia reclamar o quanto quisesse da minha mãe ou dos meus irmãos, mas ninguém mais poderia.

Cerrei os dentes com tanta força que comecei a sentir as primeiras pontadas de uma dor de cabeça por tensão. No entanto, em vez de excluir o e-mail como qualquer pessoa sã faria, continuei lendo.

> Mas vamos ao cerne da questão, certo? Por que você tem 27 anos, está solteira e não tem um encontro há dez meses? Me conte, Riley... deve haver um motivo. Perguntei por aí, e

dizem que você não é lá muito feia, o que torna essa situação ainda mais desconcertante. Particularmente, acho que você deveria deixar de escrever para Ida de agora em diante e me contar seus problemas. Vou chegar ao fundo das coisas bem rápido.

Bj,

Kennedy

P.S: A Olivia está solteira? ;)

Eu nem conseguia entender como essa mensagem, em particular, tinha chegado até ele. Quem, ao responder um e-mail, redigitaria o endereço da pessoa para quem está respondendo? Todo mundo não só clica em *responder*? Então me lembrei... eu não tinha enviado um e-mail para *Pergunte a Ida.* Havia preenchido um formulário no site da colunista de conselhos. Era a primeira vez que eu fazia uma coisa tão louca e impulsiva. Mas foi no dia seguinte ao Dia de Ação de Graças, o início não oficial da temporada de festas de fim de ano, e eu tinha bebido um pouco de vinho naquela noite. Como um relógio, minha mãe ligou naquela manhã para checar se eu lembrava que a abertura da casa à visitação anual na véspera de Natal começaria pontualmente às seis horas. Ela também recitou uma lista de vizinhos e pessoas da igreja que havia convidado e que tinham filhos que eram *ótimos partidos.* Então... comemorei o início não oficial da época do ano que eu mais odiava bebendo uma garrafa de vinho sozinha e abrindo meu coração solitário e embriagado para uma colunista de 60 anos. Burra... eu sei.

Suspirei e afundei mais na cadeira.

Distraída pelo e-mail rude de Kennedy, quase me esqueci de que ele estava encaminhando uma resposta real da colunista. Me endireitei, rolei a barra e comecei a ler de baixo para cima. Primeiro, havia uma cópia do formulário de inscrição que preenchi no site. Considerando que eu tinha bebido um pouco demais de vinho, achei que deveria começar com isso e refrescar minha memória sobre o que escrevi. Vamos lá, quão ruim poderia ter sido?

Querida Ida,

Minha mãe envia uma daquelas longas cartas de Natal todos os anos. Em geral, tem duas ou três páginas, principalmente sobre meus três irmãos e eu. Bem, isso não é totalmente verdade – é principalmente sobre meus três irmãos. Porque não fiz uma viagem de missão médica voluntária para Uganda para corrigir fendas palatinas, como meu irmão médico Kyle fez no ano passado. Nem dei à luz gêmeas idênticas perfeitamente adoráveis – sem nenhum analgésico, é claro –, como minha irmã Abby, membro da estimada Orquestra Filarmônica de Nova York. E eu, com certeza, não fiquei em terceiro lugar nas Regionais de Ginástica do Estado de Nova York, como minha irmã mais nova, Olivia – o que não é totalmente surpreendente, considerando o fato de que alguns meses atrás torci meu tornozelo caindo do salto alto.

Acho que você entendeu meu ponto. Minha vida não é tão excepcional quanto a dos meus irmãos. Na verdade, na idade avançada de 27 anos, não tenho um encontro há dez meses. Minha cadelinha morkie poo, Irmã Mary Alice, consegue mais ação no parque de cães do que eu. No ano passado, minha parte na carta de três páginas da mamãe se resumiu a:

Riley ainda é editora júnior em uma das maiores editoras do país. Ela editou dois livros que entraram na lista dos mais vendidos do New York Times. Achamos que ela será promovida do selo de romance em breve.

Minha pergunta para você, Ida, é... Como faço para minha

mãe parar de me incluir em sua carta sem fazê-la se sentir mal?

Assinado, Chata em Nova York,

Riley Kennedy

Acima da minha pobre carta estava a resposta de Ida.

Cara Chata,

Parece-me que seu problema não é a carta de Natal da sua mãe, embora eu também ache essas cartas desagradáveis. Acho que, se você se aprofundar um pouco mais, descobrirá que a origem do seu problema é, na verdade, sua própria vida — e o fato de não ter uma. Às vezes, coisas difíceis precisam ser ditas, e nossos amigos e familiares são educados demais para dizê-las. É para isso que estou aqui e, se você for sincera consigo mesma, talvez seja esse o verdadeiro motivo pelo qual me escreveu… então, aqui vai o meu conselho:

Saia e viva um pouco. Dê à sua mãe algo sobre o que escrever. A vida é muito curta para ser tão sem graça.

Atenciosamente,

Soraya Morgan

Colunista-Assistente de Conselhos — Pergunte a Ida

Sério? *Essa é* a porra do meu conselho?! E de uma assistente?

Furiosa, precisei da manhã toda e três donuts para me acalmar o suficiente para responder às duas mensagens.

Primeiro, eu precisava elaborar uma resposta matadora para aquele idiota, Kennedy. Era o que mais estava me irritando.

Cliquei em *responder* no seu e-mail e comecei a digitar, batendo meus dedos com força no teclado.

Kennedy, Kennedy, Kennedy.

(A propósito, é tão irritante quando você faz isso com o meu nome.) Sua opinião sobre meus assuntos particulares não foi solicitada nem apreciada.

Em resposta à sua pergunta: "Riley, Riley, Riley, o que vou fazer com você?", que tal fingir que não existo? Que tal nada? Meus e-mails não são da sua conta. Você não precisa dizer nada ao encaminhar minhas mensagens. Clique em encaminhar e cuide da sua vida! Experimente algum dia.

Mas, já que você perguntou, EXISTE uma razão para eu ter 27 anos e ser solteira. Chama-se ter padrões.

Além disso, você tem a coragem de se referir à minha mãe como narcisista. Você nem a conhece. A definição de narcisista é uma pessoa que tem um interesse excessivo ou admiração por si mesma. Você parece ter uma opinião bastante superestimada de si mesmo e suas opiniões. VOCÊ é o narcisista aqui.

Alguns conselhos meus para você:

Por favor, não "pergunte por aí" sobre a minha aparência.

Não leia mais minhas mensagens se elas chegarem a você.

E NÃO me dê sua opinião quando eu não pedir.

P.S.: Eu não deixaria minha irmã Olivia, ou a Irmã Mary Alice, já que estamos nesse assunto, se aproximar de você nem se fosse o último homem na Terra.

Riley Kennedy

Cliquei em *enviar* e me recostei na cadeira, respirando fundo para me recompor antes de abrir uma nova mensagem de e-mail. Eu estava indo bem. Um já foi, só falta um.

Prezada Soraya,

Primeiro... quem é você? Escrevi para Ida, não para uma assistente. Portanto, não tenho certeza de por que sua opinião deveria ser importante para mim. Em todo caso, chamar alguém de sem graça é rude. Sim, eu me referi a mim mesma como "chata" na minha carta, mas isso era para ser autodepreciativo. Vindo de você, "sem graça" é um insulto. Dizer a alguém para começar a viver É UM INSULTO. Você deveria estar dando conselhos. Tudo o que você fez foi me insultar sem dar nenhuma solução para o problema que detalhei. Sem mencionar que você é incompetente. Inverteu os nomes no meu endereço de e-mail e enviou sua resposta para meu colega de trabalho, Kennedy Riley, que, por acaso, é muito irritante. Eu sou Riley Kennedy. Não Kennedy Riley. Isso foi uma quebra de sigilo. E tenho certeza de que Ida não ficaria muito feliz em saber disso.

Como resultado do seu erro, meu colega de trabalho — assim como você — parece achar que tem o direito de dar conselhos sem nenhum conhecimento para respaldá-los. Se eu quisesse conselhos de pessoas que não eram adequadas para dar, perguntaria a uma pessoa aleatória na rua — ou talvez à minha cadelinha.

Obrigada por nada.

Riley Kennedy

Cliquei em *enviar* e fechei meu laptop. Rapaz, isso foi bom.

No final da tarde, encontrei minha colega de trabalho e amiga, Liliana Lipman, no refeitório e contei o que havia acontecido. Ela também mal podia acreditar na coragem daquele cara, Kennedy.

Ela tomou um gole de chá e disse:

— Bem, a festa de Natal vai ser muito interessante este ano.

Fiz uma careta.

— Por que diz isso?

— Você não sabe?

— Sei o quê? — Peguei meu sanduíche e o mordi.

Ela se inclinou e sussurrou:

— Eles farão uma festa de Natal conjunta este ano para os dois escritórios de Manhattan.

Devido a questões de espaço, nossa empresa abrigava os departamentos de ficção e não ficção um em cada lado da cidade.

Parei de mastigar quando percebi.

— Hum... isso não é bom.

— Parece que você finalmente vai encontrar Kennedy Riley pessoalmente.

Meu estômago gelou.

— Merda. Não quero isso de jeito nenhum.

— Não acho que terá escolha se ele decidir ir.

— Talvez eu não vá à festa. Problema resolvido.

— Realmente acha que Ames vai deixar você se safar dessa? É praticamente obrigatório, Riley.

Meu chefe, Edward Ames, sempre queria que seus funcionários participassem de todos os eventos da empresa. Se você não aparecia, ele te ligava da festa, colocava você no viva-voz e o envergonhava para vir. Os novatos sempre tentavam pular eventos como esse. Os funcionários experientes sabiam bem como era.

Liliana suspirou.

— Talvez encontre uma maneira de evitá-lo. Ele sabe como você é?

— Ele aparentemente tem perguntado por aí, pescando informações sobre mim. Tenho certeza de que alguém vai me apontar para ele.

— Já viu uma foto dele?

— Não. Nunca o procurei. Não me importo.

— Tem certeza? — Liliana sorriu afetadamente. — Estou surpresa, dadas todas as suas interações acaloradas. — Ela deu uma risadinha. — Fala sério, você não está nem um pouco curiosa?

— Na verdade, não. Sempre achei que ele era tão feio quanto sua personalidade, o que significa que ele parece a bunda de um bode.

Ela pegou o telefone.

— Bem, vamos descobrir.

— O que está fazendo?

— Procurando-o no Facebook. — Ela rolou para baixo e murmurou o nome dele: — Kennedy Riley... Kennedy Riley. Existem alguns, na verdade.

Ela saltou no assento.

— Ah-ha! Aqui vamos nós. Mora no Soho. Trabalha na Star Publishing. Ah, e ele é solteiro. É ele!

Seus olhos se arregalaram quando ela se concentrou em sua foto de perfil.

— Oh. Oh, meu Deus.

Eu tive que admitir. Agora ela me deixou curiosa.

— O que foi? — indaguei, percebendo que ela estava sorrindo de orelha a orelha.

Seu queixo caiu quando ela lentamente olhou para mim, mas não disse nada.

Então começou a rir.

Eu estava ficando impaciente.

— Mostre-me — pedi com a mão estendida.

— Você pode querer começar a ser um pouco mais legal com ele — disse ela antes de virar a tela do telefone para mim.

Aproximei a foto do meu rosto.

Olhos de um azul-claro quase translúcido. Rosto esculpido com pele bronzeada. Ombros largos. Sorriso confiante que insinuava a arrogância presunçosa que eu esperava dele.

Dei zoom.

Kennedy Filho-da-Puta Riley.

Kennedy Filho-da-Puta Riley... era gostoso pra caramba.

— Só pode estar de sacanagem comigo.

CAPÍTULO 2

RILEY

Quando eu era criança, *adorava* o Natal. Adorava tudo nele... enfeitar a árvore, cantar canções natalinas pela vizinhança, ver o Papai Noel no shopping. Mas, nos últimos anos, essa época do ano se tornou a minha menos favorita. Até a música me deu nos nervos.

Aparentemente, não acontecia isso com Liliana. Eu tinha ido à casa dela antes da festa daquela noite, já que ela ficaria com minha cadela enquanto eu ia para casa no feriado. Liliana tinha meia dúzia de presentes embrulhados e uma coleira com sinos esperando Irmã Mary Alice quando entrei. Ela era toda imersa no Natal, e isso me fez sentir um pouco como o Grinch naquela noite.

Quando entramos no saguão do hotel onde a festa estava sendo realizada, ela entregou o casaco para a recepcionista e começou a dançar e cantar *All I Want for Christmas is You* junto com Mariah Carey, que estava estridente lá em cima.

— Então, o que devemos fazer primeiro? — ela perguntou. — Pegar uma bebida ou procurar o sr. Gostosão?

Peguei meu tíquete com a responsável pelos casacos e balancei a cabeça.

— Acho que vamos precisar de uma bebida se vou ter que enfrentar o sr. Gostosão... quero dizer, o sr. Intrometido.

— Temos certeza de que ele está aqui esta noite?

— Não faço ideia. Não recebi resposta dele. — Ou daquela assistente rude da *Pergunte a Ida*, para falar a verdade.

Liliana e eu caminhamos até o Grand Ballroom, onde a festa conjunta de fim de ano da Star Publishing estava a todo vapor. As portas duplas estavam abertas e levamos um minuto para olhar lá dentro. Havia muito mais gente do que o normal. Quando era apenas nossa divisão, geralmente ficávamos espremidos em um pequeno salão de festas. E a pequena pista de dança geralmente ficava meio vazia. Mas, este ano, ele tinha o dobro do tamanho e havia corpos amontoados nele. Havia até um cara vestido de Papai Noel no meio do salão distribuindo aqueles colares luminosos que brilham em vermelho e verde. A *vibe* já estava totalmente diferente do normal.

— Deus, quantas pessoas trabalham no outro escritório? Parece uma versão bizarra da nossa festa de Natal sem graça. — Liliana enganchou o braço no meu.

— Não sei. Mas talvez isso seja bom, e aí não vou encontrar você-sabe-quem.

— Está de brincadeira? Estou esperando isso há semanas. Vai ser o ponto alto do meu mês. É melhor você encontrá-lo.

Liliana e eu entramos e fomos direto para o bar mais próximo. Normalmente, eu pegaria uma taça de vinho branco, mas, quando chegou a nossa vez de pedir, apontei para uma mulher segurando um coquetel de aparência deliciosa com doce vermelho e branco triturado na boca da taça e perguntei ao barman:

— Do que é esse?

— É o drinque especial desta noite. O martini Natal Branco. Vodca de baunilha, licor de chocolate branco e creme de cacau com doces de bengala de hortelã-pimenta triturados na borda. Eles o estão fazendo na parte de trás. Vai demorar alguns minutos até que me tragam um novo lote.

Lambi os lábios.

— Hummm. Vou querer um desse, por favor.

— Eu também! Diga para eles se apressarem — pediu Liliana.

Enquanto esperávamos, olhei em volta. Vasculhei o salão em busca de Kennedy, mas, felizmente, não havia sinal dele. Talvez ele nem estivesse ali. Pelo pouco que eu sabia, ele parecia mais Scrooge[1] do que espirituoso. Depois de uma busca completa nos rostos na multidão e nada aparecer, a tensão no meu pescoço começou a diminuir e meus ombros relaxaram um pouco. Tirei alguns dólares da bolsa e dei de gorjeta ao barman, enquanto pegava meu martini Natal Branco. Tomei um gole e continuei a olhar para as pessoas na pista de dança enquanto Liliana esperava sua bebida.

— Procurando alguém, Riley? Talvez o *sr.* Riley? — uma voz grave e rouca disse por cima do meu ombro.

Assustada, eu me virei rápido, esquecendo que tinha uma taça de martini bem cheia na mão. Assisti com horror a uma onda de Natal Branco espirrar na camisa escura e na gravata do homem.

— Ah, não! Caramba! — Peguei vários guardanapos no bar e imediatamente comecei a limpar a sujeira. — Sinto muito. Odeio essas taças, para início de conversa, e estou tão sobressaltada esta noite.

— Sobressaltada, hein? Nervosa por conhecer *certa pessoa*?

Eu não tinha olhado para cima ainda, mas a maneira como o homem praticamente ronronou as últimas palavras... eu sabia. *Eu sabia.* Além

---

1 Referência a Scrooge, personagem principal de *Um Conto de Natal*, de Charles Dickens. O livro conta a história de um homem avarento que abomina o Natal. (N.T.)

disso, meus braços ficaram arrepiados, assim como os pelos da minha nuca. Fechei os olhos. Minhas mãos limpando a camisa do homem pararam e, pela primeira vez, percebi o peito quente por baixo — o peito muito *duro*, quente e musculoso. Apertei meus olhos fechados ainda mais forte e contei silenciosamente.

Um, 2, 3, 4, 5, 6, 7, 8, 9... No *10,* respirei fundo e espiei apenas com um olho aberto.

A boca do idiota se curvou em um sorriso malicioso.

— Ainda estou aqui. Gostaria de tentar contar até vinte e ver se ajuda?

Meu outro olho se abriu, então ambos se arregalaram enquanto pisquei uma vez, depois duas. *Oh. Nossa.*

Claro, ele tinha que ser ainda mais bonito pessoalmente. Não podia sair bem em fotos e ser uma decepção cara a cara. O sr. Intrometido tinha uma mandíbula máscula ridiculamente esculpida, pele perfeita e olhos incríveis — de um tom de azul tão claro que eram quase cristalinos —, e esses estavam me incomodando no momento. Mencionei que ele também era alto? Eu tinha um metro e sessenta e cinco de altura sem salto, e naquela noite eu estava ostentando uns oito centímetros extras, talvez dez. Mesmo assim, só cheguei aos seus ombros — seus ombros *muito* largos.

O fato de ele ser quase perfeito me irritou ainda mais. Pisquei algumas vezes, então parei antes de pigarrear.

— Bem, se não é o sr. Intrometido. Chocante que você tenha me encontrado assim que entrei. Parece adorar se meter na minha vida.

Ele sorriu e olhou para onde minhas mãos ainda estavam pressionadas na sua camisa.

— Você parece amar se meter na minha no momento também. Riley, Riley, Riley. Já não consegue tirar as mãos de mim?

Afastei minhas mãos dele.

— Dificilmente — zombei. — Eu estava *tentando* ajudar a secar você.

Seu lábio se contraiu, e ele inclinou a bebida em sua mão na minha direção.

— Talvez eu deva ser tão desajeitado quanto você, só para retribuir o favor e ajudá-*la* a se secar.

Semicerrei os olhos para ele.

Ele semicerrou os dele de volta, embora seus olhos estivessem brilhando o tempo todo. Mais uma vez, ele se divertiu à minha custa. História da minha vida ultimamente.

O homem era totalmente irritante. Respirei fundo e colei um sorriso falso no rosto.

— Eu me desculpo por derramar a bebida. Mas você realmente não deveria se aproximar das pessoas assim.

— Me desculpe. Vamos começar de novo. Sou Kennedy Riley. Prazer em conhecê-la. Hum, qual é o seu nome mesmo?

Espertinho.

Olhei por cima do ombro e fingi acenar para alguém.

— Oh, Deus, vi alguém de quem realmente gosto e com quem preciso falar. Eu diria que foi um prazer conhecê-lo, mas sou uma péssima mentirosa. Então, em vez disso, direi apenas *Feliz Porcaria de Natal.*

Virei-me para Liliana, cuja boca estava escancarada, e agarrei seu cotovelo.

— Vamos, vou pegar uma nova bebida no bar do outro lado do salão, o mais longe *dele.*

Olhamos furtivamente um para o outro a noite toda. Fui pega olhando-o do outro lado do salão, então me virei assim que ele percebeu. A certa altura, ele sorriu e ergueu o copo na minha direção.

O idiota.

Por mais que Kennedy me incomodasse, ele estava provando ser difícil de ignorar. Eu me perguntei se conseguiria escapar daquela festa sem outro encontro.

Liliana saiu para fumar com alguns dos nossos colegas de trabalho. Bebendo meu drinque, me vi sozinha pela primeira vez desde que chegamos. O DJ parou completamente de tocar música de Natal e mudou para uma mais dançante. *September*, do Earth, Wind & Fire, começou a tocar. Sempre amei essa música.

Sempre amei essa música — isto é, até Kennedy Riley entrar na minha linha de visão, avançando na minha direção enquanto estalava os dedos erguidos com a batida.

Olhei em volta freneticamente, esperando que Liliana aparecesse e me salvasse disso.

Quando percebi, seu braço estava em volta da minha cintura e ele estava me arrastando para a pista de dança.

Não, não, não.

Kennedy nos moveu através do mar de pessoas até que pousamos em nossa própria pequena seção da pista de dança. Ele estendeu as mãos para que eu me juntasse a ele, mas não me mexi. Imperturbável, ele começou a bater palmas e estalar os dedos enquanto cantava a música. Quando isso não deu certo, Kennedy se aproximou e girou os quadris com grande entusiasmo, como se fosse um stripper do *Magic Mike* dançando para uma multidão de mulheres enlouquecidas.

Apesar disso, continuei ali como uma estátua de mau humor. A única coisa se movendo era minha cabeça enquanto ela se virava para assistir Kennedy conforme ele circulava ao meu redor. Seus olhos estavam nos meus o tempo todo, enquanto os de várias funcionárias estavam nele.

Quanto mais eu insistia em não me mover, mais energia ele colocava em seus passos de dança.

Não sei se foi a maneira como ele mordeu o lábio inferior em um momento ou o quê, mas, de repente, perdi totalmente o controle, explodindo em uma gargalhada histérica.

Ele apontou para mim.

— Aí está!

Ele finalmente me quebrou. E agora estava rindo também. Esse cara estava completamente louco. Mas seu pequeno plano funcionou.

— Demorou muito — disse ele enquanto continuava a dançar.

— Como eu poderia não rir? Isso é totalmente ridículo! — Limpei os cantos dos olhos, mas ainda me recusei a participar de qualquer dança.

Quando a música terminou, ele estendeu a mão para mim.

— Eu gostaria de pedir uma trégua.

Ele deu um sorriso humilde e genuíno. Por mais que eu estivesse hesitante, cedi e apertei sua mão. Depois daquela apresentação, como não poderia? *E aquele sorriso.*

— Tudo bem, Kennedy. Vou aceitar a trégua, mas sem mais interferir nas minhas decisões de vida ou no conteúdo de quaisquer e-mails meus que cheguem em sua caixa de mensagens.

— Combinado.

Ele ainda estava segurando minha mão, o calor da sua pele causando calafrios na minha espinha.

Ele sinalizou com a cabeça em direção ao bar e ergueu um dos dois tíquetes de bebida que recebemos.

— Deixe-me pegar uma bebida para você. É o mínimo que posso fazer.

Dei de ombros.

— Claro, por que não?

Ele soltou minha mão, apenas para descansar na parte inferior das minhas costas, enquanto me guiava através da multidão até o bar. Paramos no balcão.

— O que você quer? Martini Natal Branco?

— Hum, não. Uma vodca com soda e limão, por favor.

— Pode deixar. — Ele piscou para mim e gesticulou para o barman.

Em que tipo de universo bizarro era esse que eu estava vivendo em que estava bebendo com Kennedy Riley?

Liliana me viu parada com Kennedy no bar e me deu dois grandes polegares para cima. Revirei os olhos e balancei a cabeça. Ela manteve distância, optando por me deixar sozinha com ele.

Kennedy me entregou a bebida e tomou um gole da sua cerveja. A música estava tão alta que ele teve que falar bem no meu ouvido. O calor da sua respiração, junto com o reconhecimento do seu perfume masculino, fez meu pulso disparar.

— Então, você vai para algum lugar no feriado? — ele perguntou enquanto seus lábios roçavam na minha orelha.

— Sim. Amanhã de manhã. Reservei, por engano, o primeiro voo às seis da manhã, o que acho que vou me arrepender depois de beber alguns desses. Terei de ir para LaGuardia às quatro da manhã. — Segurei meu coquetel. — E você?

— Não. Parei de ir para casa no feriado alguns anos atrás. De onde você é?

— Albany.

Ele fez uma pausa no meio de um gole.

— Mentira. No norte do estado? Você está brincando, né?

— Não. Por quê?

— Eu sou de Rochester. Somos praticamente vizinhos.

Sorri. Só outra pessoa do norte do estado diria que morar a cento e trinta quilômetros de distância nos tornava vizinhos. Ali na cidade, as pessoas faziam uma mala para passar a noite apenas para viajar trinta quilômetros até Long Island.

— Por que você parou de ir para casa? — indaguei.

Ele desviou o olhar e deu um gole no resto da cerveja.

— Longa história.

— Ah. Ok.

— Quanto tempo você vai ficar?

— Só até depois do Ano-Novo. Eu realmente não estou ansiosa por isso, para ser honesta.

— Isso tem alguma coisa a ver com a carta de Natal que sua mãe envia?

Aff. Quase perguntei como ele sabia disso, mas então me lembrei.

— Pode ter um pouco a ver com isso — admiti. — Apenas a natureza crítica geral da minha mãe, sim.

— Você sabe que é tudo bobagem, né? Alguém pode ser realizado sem ter que tocar em uma orquestra ou qualquer merda que ela coloque nessas cartas. Não deveria deixar isso te afetar.

— Bem, temo que seja mais fácil falar do que fazer.

Sua boca se curvou em um sorriso malicioso.

— Sabe o que seria incrível?

— O quê?

— Se você pudesse dar a ela exatamente o que ela quer… com esteroides.

— Do que está falando?

— Tipo, faça alguma merda maluca. Ria disso por dentro.

— Não sou uma mentirosa boa o suficiente.

— Eu ficaria feliz em ser voluntário.

Meus olhos se estreitaram suspeitosamente.

— Do que está falando? Explique.

— Eu poderia ir para casa com você por um tempinho. Você poderia inventar uma história, me apresentar como um cara que está namorando. Disse que sua mãe está sempre reclamando porque você não arruma ninguém, certo?

— Então está se oferecendo para ser meu namorado falso. E o que você diria à minha mãe, exatamente?

Ele coçou o queixo, atraindo meus olhos para a sombra sexy da barba por fazer que pontilhava sua mandíbula.

— Ah, não sei. Eu teria que pensar. Ou talvez inventar na hora. É mais divertido assim.

— Não seria *divertido.* Não é um jogo. Esta é a minha vida!

Ele parecia chateado por eu não ter considerado sua sugestão.

— Tudo bem. Esqueça o que eu disse. Mas a oferta ainda está de pé se mudar de ideia. — Ele piscou. — Você sabe meu e-mail, de qualquer maneira.

No aeroporto LaGuardia na manhã seguinte, eu estava me arrependendo do terceiro drinque que tomei na noite anterior. Estava de óculos de sol grandes para proteger meus olhos da luz, enquanto folheava as revistas no *duty free* em frente ao meu portão.

— Acredito que a coluna da sua guru está impressa no jornal, não nessa revista ruim — disse uma voz grave e familiar logo acima do meu ombro. Assustada, pulei e me virei.

Minha mão voou para cobrir o coração quando ele começou a bater fora de controle. Pisquei algumas vezes e engoli em seco.

— O que... o que você está fazendo aqui?

Kennedy sorriu.

— Decidi ir para casa no feriado, afinal.

— E *por acaso* está no voo 62?

— Você mencionou que estava no primeiro voo da manhã, então imaginei que talvez fosse esse.

Abaixei os óculos de sol e olhei para ele.

— Você *queria* estar no meu voo?

— Achei que isso poderia lhe dar uma chance de reconsiderar minha proposta. A propósito, minha oferta ainda está de pé.

A verdade era que, na noite passada, enquanto me virava e revirava na cama, pensei na sua proposta. Muito. Não parecia uma ideia *tão* ruim. Talvez eu não quisesse levar as coisas ao nível estranho que ele sugeriu, mas aparecer com um ficante certamente mudaria o foco de todas as coisas que eu não estava realizando. Embora eu não entendesse por que *ele* estava ansioso para voltar para casa comigo.

Nós nos sentamos lado a lado enquanto esperávamos para embarcar.

— Realmente quer voltar para casa comigo e não tem nenhum problema em mentir descaradamente? — perguntei.

— Não, se for para o bem maior. Mas, na verdade, meus serviços não seriam exatamente gratuitos.

Decepcionada comigo mesma por sequer considerar confiar nele, balancei a cabeça.

— Eu deveria ter imaginado.

— Olha a mente suja, Riley Kennedy. Não é nada disso.

— O que é, então, *Kennedy Riley*?

— Preciso de uma acompanhante para o casamento do meu irmão em Rochester. É no sábado antes da véspera de Ano-Novo.

— Mas você disse que não planejava voltar para casa no feriado.

— Eu não planejava, mas reconsiderei. Você disse que ainda estaria na cidade, certo?

— Sim. Voltarei no dia de Ano-Novo.

— Perfeito, então. E você nem teria que inventar histórias malucas ou algo assim. Só vá comigo para que eu não tenha que aparecer sozinho.

Pensei por um momento.

— Acho que é bastante inofensivo. Mas terei que pensar sobre tudo isso durante o voo.

Parecia inofensivo, mas meus instintos mais profundos me diziam que nada em lidar com Kennedy Riley vinha sem algum risco.

CAPÍTULO 3

KENNEDY

Eu precisava da porra de um psiquiatra.

Assim que afivelei meu cinto de segurança na fileira atrás de Riley, a gravidade do que eu estava pensando em fazer começou a me sobrepujar. Eu não ia para casa em Rochester há anos por um motivo. Balancei a cabeça e olhei através do corredor para Riley. Ela estava segurando o apoio de braço e seus nós dos dedos estavam ficando brancos. Eu me inclinei para a frente.

— Tem medo de avião?

Ela olhou para mim e soprou uma mecha de cabelo loiro da testa. Notei algumas gotas de suor se formando acima das sobrancelhas. Não estava quente no avião.

— Um pouco. Mas apenas na decolagem e no pouso. Fico bem na parte do meio — disse ela.

Soltei o cinto e parei no corredor em sua fileira.

— Com licença, senhor.

A fila de Riley tinha três assentos. Havia uma mulher mais velha sentada à janela, um cara bem grande espremido no meio e ela no corredor. O grandalhão olhou para mim.

— Você se importaria de mudar de lugar? Eu tenho um assento no corredor uma fileira atrás. — Olhei para Riley, então de volta para ele. — Minha noiva tem medo de avião. Eu ficaria muito grato.

O cara pareceu emocionado.

— Sim, claro. Sem problemas.

Ele se levantou e passou por Riley, e eu afivelei meu cinto no banco do meio.

Senti Riley me observando, então inclinei a cabeça no encosto e me virei para encará-la.

— O que foi?

— Sua *noiva*?

Pisquei.

— O que posso dizer? Você é uma garota de muita sorte.

Ela deu uma risadinha.

— Não precisava ceder seu assento no corredor por mim. Estou bem sozinha.

— Tenho certeza de que sim, mas achei que poderia aproveitar o tempo extra sentado ao seu lado para descobrir todos os motivos pelos quais seu cérebro está discutindo sobre por que não deveríamos nos divertir um pouco na casa da sua mãe.

Ela suspirou.

— Eu realmente não acho uma boa ideia.

— Está pensando demais, Riles. É uma ideia fantástica. Sabe como sei disso?

— Como?

— Porque eu que a tive.

Ela revirou seus grandes olhos azuis.

Eu ri.

— Sério, você teme ir para casa no feriado. Por que não tornar isso um pouco divertido e tirar sua mãe do seu pé?

Ela balançou a cabeça.

— Não sei. Talvez porque não pareça certo *mentir* para toda família.

— Bem, se vai te fazer se sentir melhor, podemos ir ao banheiro e transar lá durante o voo. Então não estará mentindo quando disser a sua mãe que sou a melhor coisa que já aconteceu com você.

Ela corou. *Porra, corou.*

Senti uma leve contração na calça ao ver isso. Inclinando-me para ela, baixei a voz.

— Quanto tempo faz exatamente, Riley? Sua carta para aquela doida da *Pergunte a Ida* dizia que você não tinha um encontro há dez meses, mas deve ter tido uma ou duas ficadas desde então.

— Não é da sua conta quanto tempo faz. — O leve rubor no seu rosto se aprofundou para um vermelho carmesim.

Oh, merda. Já *fazia* muito tempo mesmo. As luzes de advertência estavam piscando tão intensamente que deveriam ter me cegado. Mas tudo que eu podia ver era seu rosto bonito. Sem falar que ouvir que há muito tempo nenhum homem plantava sua bandeira no planeta Riley me deixou um pouco louco.

— Vou te dizer uma coisa, Riley. E se eu melhorar um pouco a proposta?

— O que você quer dizer?

— Eu vou para casa com você para a sua festa. Vou até te deixar definir as regras básicas para o que diremos às pessoas na casa da sua mãe. E então vou pagar pelo vestido que você usará no casamento que vai comigo.

— Não posso deixar você fazer isso.

— Não é grande coisa. Minha mãe é dona de uma boutique de noivas em Rochester. Ela tem uma loja cheia de vestidos. Não vai me custar muito com o preço que ela pratica.

— Ah, uau. — Ela mordiscou o lábio como se estivesse pensando seriamente nisso pela primeira vez desde a noite passada.

Então, fui com tudo para fechar o negócio.

— E sapatos. Ela também tem todos aqueles sapatos de sola vermelha que as mulheres adoram.

Isso chamou sua atenção. Eu podia ver as engrenagens em sua cabeça girando. Dando a ela um minuto antes de pressionar novamente, olhei pela janela. Fiquei muito chocado com o que vi.

— Ei, Riles.

— Hummm?

— Você percebeu que estamos no ar?

Suas sobrancelhas se juntaram e então ela se inclinou para a frente e olhou pela janela.

Piscou algumas vezes, e seus olhos se arregalaram.

— Como isso é possível?

— Você estava distraída e esqueceu que deveria se estressar. A festa da sua mãe pode ser assim, se você concordar.

Riley olhou nos meus olhos. Essa mulher não conseguia esconder nada. É melhor ela nunca jogar pôquer. Enxerguei seus medos, todas as reservas que ela tinha sobre mentir e, se não me engano, havia até uma pequena atração ali. Ainda bem que eu era um jogador de pôquer muito melhor do que ela porque, enquanto ela estava deliberando sobre mentir, eu estava me perguntando como diabos iria passar duas noites fingindo ser seu namorado sem morder aqueles lábios carnudos rosados. E me perguntei o que aqueles grandes olhos azul-bebê fariam se eu o fizesse – eles ficariam duros de nojo ou suaves de desejo?

Pigarreei e me mexi no assento.

— Então o que vai ser, Riley? Está dentro ou é covarde demais para se divertir um pouco?

Ela semicerrou os olhos para mim.

— Por que está fazendo tudo isso? Você poderia facilmente ir sozinho ao casamento. Tenho certeza de que poderia até usar seu charme e pegar uma dama de honra bêbada e inocente, se tentar com vontade.

— Pelo mesmo motivo que você vai fingir que tem um namorado bonito: para tirar minha família do meu pé.

— Sua família está no seu pé também, hein?

Balancei a cabeça uma vez sem elaborar mais. Não ia contar da minha confusão fodida. Inferno, eu nem tinha certeza de por que diabos decidi ir para casa agora. Mas a olhei nos olhos e disse algo que meu instinto achou que ela poderia entender.

— Todos nós temos motivos para fazer as coisas que fazemos, não é, Riley?

Ela engoliu em seco e, por um milissegundo que eu poderia ter perdido se tivesse piscado, seus olhos foram para os meus lábios.

— Tudo bem. Estou dentro.

— Só pode estar de sacanagem comigo.

— Pois é. Eu te disse, minha mãe costuma exagerar com o Natal.

Paramos em uma imponente casa de tijolos de dois andares onde parecia que o Natal tinha vomitado. Devia haver centenas de decorações com movimento por todo o gramado coberto de neve, as luzes piscavam mesmo sendo dia e *The Little Drummer Boy* berrava nos alto-falantes externos. A casa da mãe de Riley era uma daquelas casas de Natal estranhas para as quais as pessoas levam os filhos para visitar.

— Isso é mais do que exagero. Isso é... — Balancei a cabeça. — Loucura. É isso que é.

Seu rosto entristeceu.

— Eu sei. Mas o Natal era a época do ano favorita do meu pai. Quando ele ficou doente, ela começou a colocar alguns enfeites extras para animá-lo. Então, depois que ele morreu... ela continuou adicionando coisas.

— Sinto muito. Não sabia que seu pai havia morrido.

Ela assentiu.

— Fez sete anos. Câncer de cólon. Mamãe tem uma caixa de coleta na esquina da garagem. As pessoas vêm de carro à noite para ver a exibição de Natal, e muitas deixam uma doação para a Aliança do Câncer Colorretal enquanto estão aqui. Isso a faz se sentir melhor. Mas sei que é um pouco estranho.

— Não. — Balancei a cabeça. — Não é estranho. É legal. Eu não deveria ter julgado sem saber dos fatos.

Ela sorriu para mim.

— Quer dizer, mais ou menos como fez quando leu minha carta para *Pergunte a Ida*? Bem, você está prestes a conhecer minha família e entender todos esses fatos em primeira mão. Acho que pode ter uma perspectiva diferente depois de passar o dia todo com minha mãe e estar na festa esta noite.

— Pode ser. Veremos.

Saímos do carro e paramos na calçada com nossas malas. A neve começou a cair durante a viagem do aeroporto para casa e os flocos pareceram dobrar de tamanho nos últimos minutos. Riley não parecia estar com pressa de entrar. Olhei-a enquanto ela olhava para a casa. Ela com certeza estava nervosa. Coloquei a mão no seu ombro e ela saltou.

— Desculpe — disse ela. — Estou um pouco nervosa.

— Percebi.

Ela respirou fundo e se virou para mim.

— Ok. Estou pronta.

Um floco de neve do tamanho de uma moeda caiu bem nos seus cílios. Isso me fez sorrir.

— Não acho que realmente já esteja pronta, Riles.

— Não?

Balancei a cabeça.

— Se somos um casal, não pode pular toda vez que coloco a mão em você.

— Oh. — Ela assentiu. — Você tem razão. Vou tentar me lembrar disso.

Seu narizinho bonito estava rosa de frio, e ela puxou o casaco com mais força.

Abri os braços.

— Venha aqui.

— Como é?

— Deixe-me te abraçar por um minuto. Você sabe... para se acostumar ao meu toque. Então não pulará enquanto estivermos fingindo.

— Oh. Ok. Faz sentido. — Ela deu dois passos hesitantes na minha direção, e a envolvi nos braços. Depois de talvez trinta segundos, senti seus ombros relaxarem.

Sem pensar, beijei o topo da sua cabeça.

— Você está bem?

Ela assentiu. Eu não tinha certeza se era seu xampu ou perfume, mas uma lufada de algo floral chegou a mim e respirei fundo para capturar tudo. Como ela podia cheirar tão bem depois de um voo às seis da manhã?

Riley inclinou a cabeça para me olhar, mas não fez nenhuma tentativa de deixar meus braços.

— Então, como nos conhecemos?

Sorri.

— Acho que você vai descobrir quando alguém nos perguntar. Essa é metade da diversão. Vamos improvisar a coisa toda.

Ela riu nervosamente.

— Eu vou ser pega com certeza. Sei disso.

— Não se confiar em mim e seguir minha liderança. Consegue fazer isso, Riley?

Ela não parecia tão segura de si, mas concordou mesmo assim.

Meus olhos foram para sua boca.

— Não estou tão certo de que você consegue. Tem certeza?

Ela engoliu em seco.

Seus lábios ficaram mais cheios desde o voo?

Me peguei pensando que talvez devesse beijá-la. Digo, e se as circunstâncias exigissem durante a festa e ela estremecesse ao meu toque ou algo assim? Um aquecimento seria totalmente justificado. Não é?

Levantei uma mão e segurei sua bochecha enquanto minha outra deslizou para descansar no seu quadril. Mesmo através do seu casaco de inverno grosso, eu podia sentir o início das suas curvas. O corpo de Riley tremia enquanto baixei meu rosto lentamente para o dela. Precisaria de toda a minha força de vontade para beijá-la suavemente e não sugar seus lábios ali mesmo na garagem em frente à casa da sua mãe.

Ela lambeu os lábios e quase gemi. O calor da sua respiração encontrou o ar frio e formou uma nuvem entre nós enquanto nossos lábios se aproximavam. Deus, eu queria devorar aquela boca. E eu estava prestes a fazer isso. Até...

— Riley! É você, querida?

CAPÍTULO 4

RILEY

Instintivamente, me afastei de Kennedy.

— Mãe! — Forcei um sorriso, esperando que ela não percebesse como eu estava exausta.

Minha mãe olhou entre nós, um sorriso hesitante curvando seus lábios.

— Riley, você não me disse que estava trazendo alguém.

Kennedy encolheu os ombros.

— Surpresa?

— Bem, sim, mas é uma surpresa maravilhosa! Vamos entrar, em casa está mais quente.

Quando entramos, mamãe insistiu que parássemos no foyer para que Kennedy pudesse admirar sua decoração. Ela realmente tinha ido com tudo nas guirlandas e nos laços vermelhos naquele ano.

Um Papai Noel movido a bateria tocando *Jingle Bell Rock* balançava os quadris no canto.

— Quem é este homem bonito, Riley?

Kennedy estendeu a mão para ela.

— Kennedy Riley. Muito prazer em conhecê-la, sra. Kennedy.

— Eu ouvi certo? Seu nome é... Kennedy... Riley?

— É, sim.

— Que coincidência maluca.

— É mesmo? — Kennedy sorriu e olhou para mim. Seu rosto suavizou quando ele disse: — Ou talvez conhecer sua filha tenha sido escrito nas estrelas. Gosto de acreditar na segunda opção.

Os olhos da minha mãe brilharam quando ela se virou para mim.

— Que encantador ele é. E há quanto tempo você namora minha filha, Kennedy?

— Há alguns meses. Mas parece uma eternidade, de certa forma. Estou gostando muito de conhecer sua filha maravilhosa.

Determinada a permanecer no personagem, sorri para ele antes de voltar a atenção para minha mãe.

— Me desculpe por nunca ter mencionado isso, mãe.

— Apesar do fato de saber pouco sobre mim, sra. Kennedy, Riley certamente me falou muito sobre você.

— Só coisas boas, espero.

— Claro.

Minha mãe acenou com a mão, nos levando para a sala de estar.

— Bem, venha conhecer todos, então. — Enquanto a seguíamos, ela contou: — Infelizmente, Kyle não voltou para casa este ano. Ele está fazendo coisas muito mais importantes na África.

Senti os olhos de Kennedy em mim, mas continuei andando.

Minha irmã, Abby, estava praticamente sendo atacada por suas filhas gêmeas de dois anos, Naomi e Nina, quando entramos na sala.

Quando ela me viu, enxugou a mão no vestido antes de se levantar para nos cumprimentar.

— Bem-vinda ao lar, Riley! Você não me contou que estava namorando.

— Bem, agora você sabe — eu disse enquanto a abraçava. Ela me lançou um olhar que dizia *é melhor você me contar tudo mais tarde.*

— Prazer em conhecê-la, Abby — falou Kennedy ao apertar a mão dela. — Como vão as coisas na Filarmônica? Que instrumento é mesmo que você toca?

Fiquei impressionada por ele ter se lembrado.

— Violoncelo — revelou ela, erguendo o queixo com orgulho.

— Fantástico. Adoraria ver uma apresentação. — Ele me puxou para o seu lado novamente. — Teremos que ir algum dia.

Minha irmã Olivia se esgueirou atrás de nós.

— Ei, Riley.

Enquanto Abby e eu tínhamos um ano de diferença, Olivia era nove anos mais nova.

Eu a abracei apertado.

— Como está minha irmã mais nova?

— Bem. — Ela olhou para Kennedy. — Quem é ele?

— Este é meu... ãh, *namorado*, Kennedy.

Ela riu.

— *Kennedy?* Sério?

— E o sobrenome dele é Riley! — mamãe acrescentou com uma risadinha bem de garotinha. Kennedy realmente a estava conquistando.

— O quê? Riley, sério? Que louco. — Minha irmã desatou a rir.

Abby acrescentou:

— Então, se vocês se casarem, seu nome seria Riley Riley?

Oh, Deus. Foi a primeira vez que pensei nisso. Razão suficiente para estar feliz por esse relacionamento não ser real.

— Ou Riley Kennedy-Riley, com hífen. — Kennedy piscou.

Minha mãe saiu para montar uma área de bebidas com cidra quente e chocolate quente.

Então, quando ela voltou, chegou o momento que eu temia.

Mamãe se juntou a nós perto da lareira e o interrogatório começou.

— Então, Kennedy. No que você trabalha?

Ele olhou para mim antes de responder.

Lá vamos nós.

— Na verdade, estou iniciando o treinamento para me tornar astronauta. Vou para Houston em breve.

Soltei uma tosse instintiva.

Jesus.

Astronauta?

Ele não poderia ter escolhido algo mais... normal?

Pensei no principal centro de lançamentos de foguetes da NASA, o *Kennedy Space Center*, e ri baixinho. Foi assim que essa ideia ridícula começou na mente dele? Agora, me arrependi de não ter combinado nossas histórias antes de chegarmos.

Acreditando piamente nisso, mamãe sorriu com orgulho ao olhar para mim.

— Riley! Um astronauta! Como nunca me contou nada disso?

Rangendo os dentes, sorri.

— Sim, estou... namorando um astronauta. É literalmente de outro mundo.

Ela se virou para ele.

— Nunca conheci um astronauta de verdade.

— Bem, ainda não cheguei lá. Mas chegarei. O trabalho árduo e a perseverança valerão a pena. É um programa intensivo de dois anos. Mas espero ser selecionado para um voo quando terminar o treinamento.

— Como alguém se torna astronauta? Como é a seleção? — mamãe perguntou, prestando atenção em cada palavra dele.

Ele estava cavando um buraco ainda mais fundo. Pensei que fosse ficar nervoso, mas ele continuou respondendo às perguntas sem nem suar. Eu não conseguia decidir se estava impressionada ou horrorizada com sua capacidade de mentir com tanta naturalidade.

— Bem, há um requisito mínimo de escolaridade, é claro. Minha formação é em Biologia. Eles costumam preferir cursos da área de ciências ou Engenharia. O candidato também precisa passar por um exame físico rigoroso. Mas o maior peso da decisão é baseado em um longo processo de entrevista.

— Bem, com certeza posso ver por que eles ficaram encantados com você.

— Obrigado, senhora. Eles querem não apenas ter certeza de que alguém tem a destreza física para o trabalho, mas também pode lidar com isso mentalmente. Não tenho dúvidas de que estou pronto.

Mamãe ainda não havia terminado.

— Pode ser difícil também, se você for selecionado para uma missão, certo? Quanto tempo fica em órbita?

— O tempo médio no espaço é de cerca de seis meses. Mas o sacrifício pessoal vale a pena. Qualquer coisa em nome da ciência. Ainda há muito a ser aprendido.

Minha mãe parecia prestes a derramar lágrimas de alegria.

— Uau. Fascinante. De verdade. — Ela provavelmente gostaria de ter escrito um adendo à carta anual de Natal. Nem importava o que eu estava fazendo da *minha* vida agora que supostamente estava namorando o Neil Armstrong dos dias atuais.

— Querida, você vai com Kennedy para Houston?

— Ainda não chegamos nesse ponto.

Ele pegou minha mão, entrelaçando nossos dedos enquanto olhava nos meus olhos.

— Estamos vivendo um dia de cada vez, mas ela sabe que significa mais para mim do que a lua e as estrelas.

Ok. Agora eu queria vomitar.

Minha mãe suspirou. Ela tinha acreditado piamente.

Kennedy continuou a responder mais perguntas sobre o programa espacial como se trabalhasse de verdade na NASA. Quando todos saíram da sala e se dirigiram ao bufê da sala de jantar, ele e eu ficamos sozinhos pela primeira vez desde a nossa chegada. As chamas da lareira crepitavam no silêncio.

— Você contou a ela uma mentira incrível. Como sabe tanto sobre o programa espacial? — sussurrei.

— Porque realmente fui aceito nele.

Meus olhos se arregalaram.

— Sério?

— Sério.

— Uau. O que aconteceu?

Sua expressão ficou solene.

— Eu me apaixonei. Ela não podia ou não queria se mudar para Houston comigo, então recusei.

Uau. O quê?

— Você desistiu do seu sonho por uma mulher?

Ele balançou a cabeça.

— Não era meu sonho de verdade. Eu simplesmente adoro um bom desafio. Meu pai apostou que eu não conseguiria entrar.

— Seu pai apostou *contra* você?

— Claro que sim. Então, eu queria provar que ele estava errado. Quando fui aceito no programa, pensei seriamente em ir. Mas o fato de eu ter conhecido alguém na época que não podia se mudar comigo facilitou a decisão de recusar.

Fiz a pergunta inevitável:

— O que aconteceu com ela?

Ele hesitou.

— Nós terminamos.

Passos se arrastaram ao virarem em nossa direção, me impedindo de bisbilhotar mais sobre o amor perdido de Kennedy. Ele passou o braço à minha volta e me puxou para perto antes que minha mãe entrasse na sala.

— Por que os dois pombinhos ainda estão aqui? O brunch está esfriando.

Kennedy me beijou na bochecha.

— Ótimo. Estou morrendo de fome.

Cada vez que ele me tocava, eu formigava por dentro. Parecia que meu corpo precisava de um lembrete de que tudo isso era uma farsa.

A mesa estava enfeitada para a véspera de Natal, o bolo de frutas da minha mãe servido como peça central. Um Papai Noel em tamanho real e a sra. Noel balançavam de um lado para o outro na janela. Sinceramente, você pensaria que minha mãe tinha roubado a vitrine da Macy's.

Quando nos afastamos de onde mamãe e sua amiga estavam na sala de jantar, imediatamente vi os olhos de Kennedy pousarem em uma colagem de fotos na parede. O fato de haver várias de mim e o mesmo cara deve tê-lo intrigado. Ele se aproximou para olhar mais de perto, e eu o segui.

— Quem é o cara com você em todas essas fotos? — ele perguntou.

Aff.

Respirei fundo e lentamente soltei o ar.

— Ele era meu namorado.

— Imaginei. Mas por que sua mãe tem fotos dele penduradas por toda a casa? Isso é meio assustador.

— Especialmente quando ele já morreu, certo?

A expressão de Kennedy ficou sombria.

— Merda, Riley. O que aconteceu?

— Frankie estava em um carro dirigido por outro cara. Seu amigo perdeu o controle e o carro saiu da estrada. Foi no verão antes do último ano de faculdade dele. Três caras morreram, incluindo Frankie. Estávamos juntos desde o Ensino Médio. Descobri, depois que faleceu, que ele iria me pedir em casamento logo após se formar.

Ele fechou os olhos brevemente.

— Sinto muito.

— Minha mãe o amava. Ele era como um filho para ela. Ela nunca superou isso. Entre a morte de Frankie e depois meu pai... ela ficou um pouco louca. Começou a se dedicar a coisas como o Natal. Qualquer coisa para desviar da tristeza perpétua.

Kennedy olhou nos meus olhos e não consegui desviar o olhar. Era como se ele estivesse me vendo pela primeira vez, como se finalmente tivesse encontrado a peça que faltava no meu quebra-cabeça, e as coisas, de repente, fizessem sentido.

— O que foi? — perguntei depois de um tempo.

Ele balançou a cabeça.

— Nada. Eu só... sinto muito pelo que aconteceu com você.

De alguma forma, conseguimos sobreviver ao brunch anual da família Kennedy na véspera de Natal.

A conversa foi animada, houve muitas risadas e, durante todo o tempo, Kennedy continuou a tagarelar sobre a NASA sempre que minha mãe ou uma de minhas irmãs lhe perguntava sobre isso.

Quando terminamos de comer, Kennedy insistiu que eu me sentasse e conversasse com minhas irmãs enquanto ele ajudava minha mãe a limpar. Depois, ele se esgueirou por trás de mim enquanto eu olhava pela janela do quintal. Kennedy passou os braços em volta da minha cintura e pressionou seu corpo quente às minhas costas.

— Sua mãe me disse para chamá-la de Evelyn em vez de sra. Kennedy, mas tenho certeza de que ela vai me deixar chamá-la de mãe até o final da noite. — Ele riu. — Gostei dela. Suponho que, eventualmente, ela não vá pensar tão bem de mim, no entanto.

— Isso te incomoda?

O silêncio que se seguiu foi muito revelador. O sr. Intrometido tinha consciência. Quem diria?

— Só quero que você consiga resolver as coisas com sua família. Não é bom deixar as coisas apodrecerem.

Tive a sensação de que ele falava por experiência própria. Mas não o pressionei. Em vez disso, sorri.

— Bem, você certamente a conquistou. Está usando muito charme aí, *Neil Armstrong*.

Ele riu baixinho.

— Viu? Você estava preocupada sem motivo. Foi moleza.

Eu me virei para encará-lo. Kennedy não fez nenhuma tentativa de recuar.

— Moleza, hein? Eu não cantaria vitória tão cedo. Você ainda não conheceu o time da mamãe.

As sobrancelhas de Kennedy se juntaram.

— Time?

— Mamãe joga Mahjong. Hoje à noite, na visitação pública, você conhecerá as três senhoras com quem ela joga. E elas vão te comer vivo.

Ele riu porque não tinha *ideia.* Claro, deixei de mencionar que meu pai tinha sido militar de carreira e que o time da mamãe era formado por veteranas que serviram com ele.

— Tenho certeza de que posso lidar com três senhoras que jogam cartas em uma festa de Natal.

Balancei a cabeça e sorri.

— Veremos.

CAPÍTULO 5

RILEY

Quase me senti mal por ele.

Mas eu tinha bebido duas xícaras do famoso *eggnog* apimentado da mamãe, e assistir Kennedy se contorcer foi a coisa mais divertida que presenciei em uma dessas festas de Natal em anos.

— Obrigado pelo aviso — Kennedy sussurrou no meu ouvido quando passei para ele um copo de *eggnog*. — Seu pai era a porra de um coronel, e as amigas de Mahjong da sua mãe são majores reformadas e duas capitãs do Exército.

Sorri docemente.

— Bem... eu poderia ter te avisado, sim. Mas aí acabaria a diversão.

Miriam Saunders, a de mais alta patente das três, apontou para Kennedy.

— Se está em treinamento, como se conheceram? Você deve estar lotado no Centro Espacial Johnson. Houston fica muito longe de Nova York.

— Hummm. Sim, senhora. Estou prestes a começar o treinamento em Houston, na verdade. Mas Riley e eu nos conhecemos enquanto eu estava na cidade visitando alguns familiares.

Seus olhos se estreitaram.

— Achei que você tinha dito que sua família é de Rochester.

— Ela é. Bem, a família do meu pai. Minha mãe tem família em Nova York. Eu os estava visitando. — Ele engoliu em seco e acrescentou: — Minha avó, na verdade.

A major semicerrou os olhos.

— Então conheceu a nossa Riley enquanto estava na cidade visitando sua avó?

— Sim, senhora.

— Aham. Como isso aconteceu, exatamente?

Foi a primeira vez que Kennedy não pareceu tão confortável. Ele olhou para mim em busca de ajuda, e eu sorri e tomei um gole de *eggnog*.

— Riley gosta de contar a história de como nos conhecemos. Não é, querida?

— Oh, você sabe que sim. Porque é *uma* história e tanto. Mas, querido, você conta *muito* melhor do que eu jamais poderia. Vá em frente, fofinho. Conte a história a elas.

Kennedy pigarreou.

— É um pouco embaraçosa.

Arqueei uma sobrancelha. Eu deveria ter pensado melhor antes de desafiar aquele homem. Seus olhos brilharam, e ele se inclinou na direção de Miriam.

— *Para ela.* É um pouco constrangedora para ela.

Ele então começou a contar uma história elaborada sobre como estava visitando sua avó, que mora do outro lado do corredor, e eu estava esquentando sobras de pizza no café da manhã. Aparentemente, coloquei a caixa de papelão no forno — porque, sim, eu sou idiota a esse ponto — e causei um incêndio na minha cozinha. Kennedy, como um bom escoteiro, sentiu o cheiro de algo queimando, correu com um extintor de incêndio e salvou minha vida.

— E o resto, como falam, é história.

Minha boca se abriu em choque enquanto eu olhava de Kennedy para o time e vice-versa. Elas estavam acreditando nessa merda! Eu conhecia essas mulheres minha vida inteira. Elas não podiam acreditar nessa idiotice.

Ainda assim, Miriam balançou a cabeça para mim e fez uma careta.

— Pizza no café da manhã? Sua mãe cozinha muito bem, Riley. É uma pena que você não tenha puxado a ela.

Inacreditável. Elas acreditaram que Kennedy era um astronauta e que eu assei uma caixa de papelão. Tudo que esse homem tinha que fazer era abrir aquele sorriso dele, mostrar as covinhas, e mesmo as mulheres mais duras que eu conhecia não conseguiam resistir. Ele havia transformado o cérebro daquelas mulheres inteligentes em mingau. Bem, aparentemente... porque *eu* o trouxe aqui, não foi?

Durante uma pausa na conversa, falei às novas fãs de Kennedy que precisava roubá-lo para conhecer algumas pessoas. Eu o conduzi até a cozinha, fechei a porta e me virei para encará-lo.

— Como você faz isso?

— Faço o quê?

— Conta histórias ridículas e as pessoas acreditam em você.

Ele encolheu os ombros.

— Acho que é mais fácil escapar contando uma grande mentira do que contando uma pequena.

Minha irmã Abby escolheu esse momento para entrar na cozinha.

— Ops. Desculpe interromper os pombinhos. Mamãe me pediu para pegar mais molho na geladeira.

Kennedy passou o braço em volta da minha cintura.

— É minha culpa estarmos nos escondendo. — Ele olhou para mim. — Sua irmã está tão bonita esta noite. Quero ficar com ela só para mim.

Minha irmã fez uma cara de *awww* e pegou o molho. Ela piscou para mim no caminho de volta para a sala.

— Ele é um partidão, Riley.

Quando ela estava fora do alcance da voz, gemi enquanto revirei os olhos.

— Ótimo. Mais grandes mentiras.

As sobrancelhas de Kennedy se juntaram. Por meio segundo, quase acreditei que ele não estava falando merda de novo.

— Você *está* bonita esta noite. Eu deveria ter te dito isso quando se trocou mais cedo. — Seus olhos vagaram pelo meu corpo e subiram de volta, parando no meu decote e permanecendo lá.

Bufei.

— Deus, você é quase crível.

Ele balançou a cabeça.

— Não estou mentindo, Riley. Acho que você está linda esta noite.

— Claro. — Eu ri.

Kennedy olhou alternadamente entre meus olhos.

— Você tem uma pequena sarda no seio direito, quase... aqui. — Ele passou a ponta do dedo ao longo do decote redondo do meu vestido. — E, quando fica nervosa, torce o anel que usa no indicador.

Tive que olhar para o meu peito para confirmar. Realmente, era bem pequena, mas eu *tinha* uma sarda na curva interna do meu seio direito. Como diabos ele percebeu isso? Quando olhei para cima, ele leu a confusão no meu rosto.

Ele sorriu e se inclinou perto do meu ouvido.

— Eu disse que não estava mentindo, Riley. Não consigo tirar os olhos de você com esse vestido.

Minha barriga deu um pequeno salto mortal, e senti minha respiração parar quando ele afastou a cabeça e olhou nos meus olhos. Felizmente, fomos interrompidos de novo. Desta vez, pela minha mãe.

— Aí estão vocês dois. As estradas estão ficando muito ruins. Kennedy, querido, você não pode dirigir de volta para Rochester esta noite. É melhor dormir aqui e ver sua família pela manhã.

Fui até a janela da cozinha e olhei para fora. A neve leve e pitoresca de antes havia se transformado em uma tempestade.

Kennedy olhou para mim e depois de volta para minha mãe.

— Tem certeza?

— Claro! Eu insisto. — Ela se juntou a nós perto da janela, deu um tapinha em seu braço e sussurrou: — Pode ficar com Riley no quarto dela.

CAPÍTULO 6

KENNEDY

Riley e eu estávamos entocados no seu quarto. Ela não parecia nem um pouco animada por sua mãe ter insistido que dormíssemos em seu antigo quarto juntos, mas o que ela esperava? Éramos adultos, e meu desempenho lá fora foi tão convincente que eu honestamente não tinha certeza se a sra. Kennedy teria feito objeções se eu tivesse engravidado Riley naquela noite.

— Você tem que admitir, isso é muito engraçado — eu disse.

— Estou feliz que esteja se divertindo.

Apesar do fato de eu realmente *achar* tudo isso engraçado, não queria ficar ali se isso fosse incomodá-la.

— Sério, Riley, se não quiser continuar com isso, posso ir embora.

— Não. Não quero que dirija para casa com esse tempo. Está tudo bem.

— Eu insisto em dormir no chão, de qualquer maneira.

Não surpreendentemente, ela não discutiu sobre isso.

— Ok.

O quarto de Riley, com certeza, era antigo. Não deve ter mudado muito desde a época em que ela era adolescente. Um pôster brilhante de uma flor psicodélica pendurado na parede, junto com uma foto emoldurada de Justin Timberlake em sua mesa. Era de seus dias de NSYNC, quando ele tinha o cabelo encaracolado mais comprido.

— Timberlake, hein?

— Pare, Kennedy. Eu tinha dez anos quando ganhei isso. Não sou boa em jogar coisas fora.

— Você quer me dizer *bye, bye, bye* agora, não é?

— Olha, se soubesse que você iria acabar aqui, eu poderia ter... limpado um pouco.

— Não há nada do que se envergonhar. Todos nós temos nossas paixões.

— Ah, é? Qual era a sua? — ela perguntou ceticamente.

Cocei meu queixo e ri.

— Vejamos, quando eu era bem jovem, gostava de Peg Bundy, de *Um Amor de Família.* Não me lembro do nome verdadeiro dela.

Seus olhos se arregalaram.

— A mãe?

— Sim.

— Meu Deus. Você era, tipo, um amante de MQEGDF[2]?

— Sim. Com, tipo, seis anos de idade. O que posso dizer? Eu gostava do cabelo longo ruivo e do spandex.

Ela riu.

2 Sigla para mãe que eu gostaria de foder. (N.E.)

— Isso é tão perturbador, mas eu não deveria ter ficado surpresa.

Olhando em volta, perguntei:

— Você tem algo divertido para fazer aqui... jogos de tabuleiro ou algo assim?

— Deveríamos tentar dormir um pouco.

Eu estava muito ligado para dormir, o que realmente era péssimo para Riley. Dei a volta e peguei uma boneca de uma prateleira.

— Aw... quem é essa?

— Essa é Lovey.

O rosto da boneca tinha manchas vermelhas por toda parte.

— O que há de errado com o rosto dela?

— Eu a deixei no sol uma vez. Ela se queimou.

— Você sabe que uma boneca não tem pele real que possa queimar, certo?

— Bem, eu a deixei no sol. Ela ficou vermelha. De que outra forma você explica isso?

Eu ri novamente.

— Você é adorável, Riley.

— Adorável? Pensei que me achasse irritante.

— Quando eu disse isso? *Você* foi a cética todo esse tempo, não eu. Sempre te achei adorável, engraçada e intrigante.

— Intrigante? Baseado em quê?

— Com base no fato de que fica tão preocupada com tudo. Eu sabia que devia haver muito mais em você do que apenas ser uma chata. Você é muito autoprotetora. Estar aqui me ajudou a decifrar um pouco do mistério.

— Ah, é? — Ela se jogou na cama. — Por que não me esclarece sobre mim?

— Bem, quero dizer, o fato de sua mãe fazer você se sentir inadequada... isso claramente explica muito. Mas agora que sei o que me contou sobre perder seu namorado... posso ver por que é um pouco cautelosa. É uma perda enorme, pela qual ninguém deveria passar tão jovem. Faz minhas merdas parecerem triviais.

— E o que exatamente é a sua *merda*? Você aludiu a estar apaixonado uma vez e então acabou. Quero dizer, você desistiu de *ser* realmente Neil Armstrong por ela. Isso deve ter sido alguma coisa.

— Sim, foi *algo,* sim. Algo que eu prefiro esquecer.

Eu precisava mudar de assunto. Vi o que parecia ser um pote de biscoitos do Chewbacca na prateleira e o peguei.

— Isto é interessante.

Em pânico, ela saltou rapidamente para me impedir.

— Não toque nisso! — Ela o colocou com delicadeza de volta na prateleira.

— Uau. O que está escondendo aí... um cadáver?

Seu rosto ficou vermelho.

— Sim. — Ela suspirou suavemente.

— O quê?

— São as cinzas do Frankie. Seus pais as dividiram entre seus irmãos e eu.

Ah, cara.

Esfreguei minha mão no rosto.

— Sinto muito. Uau, só estou dando bola fora agora.

— Está tudo bem, Kennedy. Você não sabia. — Ela olhou para seus pés e depois para mim. — Ele... era fã de *Star Wars*. Deixei suas cinzas para trás quando me mudei para Manhattan, pensando que isso poderia me ajudar a seguir em frente. Claramente, não consegui.

— Jesus. Isso é pesado. — Suspirei. — E eu aqui pensando que você estava escondendo algo bobo ali, como um vibrador ou algo assim.

— Se estivesse escondendo meu vibrador, você teria que ser muito mais criativo para encontrá-lo.

— Ah, sério? Está dizendo que ele está escondido neste quarto em algum lugar?

Ela mordeu o lábio.

— Talvez.

— Por que, Riley, Riley, Riley, sua garota safada? — provoquei. — Isso é um desafio?

— Não. Porque você nunca o encontraria.

— Oh, aposto que sim.

— Não, você não faria isso, considerando que o está segurando, e nem sabe.

O quê?

Olhando para minhas mãos, percebi que ainda estava segurando a boneca com a queimadura de sol.

— Ãh... isso não é um vibrador.

Ela a tirou de mim. Observei enquanto ela torcia a cabeça da boneca e enfiava a mão dentro do seu corpo oco, puxando uma pequena varinha roxa.

Eu ri até enxugar as lágrimas.

— Nunca mais me acuse de ser pervertido, srta. Kennedy.

— Sim, bem. Minha mãe é intrometida. Você faz o que precisa para esconder.

— Você usou aquela coisa quando pensou em J.T.? Sabe... quebre a cabeça da boneca e esfregue uma ao som de *Tearin' Up My Heart*?

Ela jogou o velho vibrador do outro lado do quarto.

— Meu Deus! Por que eu te mostrei? Devo estar louca.

— Porque está gostando de mim. Admita.

— Não. Acho que estou apenas ligada e perdendo um pouco a cabeça. — Ela bocejou. — Enfim... está ficando tarde. Deveríamos ir para a cama. Não sei onde minha mãe guarda as roupas de cama sobressalentes, e não posso perguntar porque ela acha que você vai dormir comigo. Então, que tal se eu te der meu cobertor e eu fico com o edredom?

— Está bom, ou fico bem dormindo no chão com meu casaco.

— Não. Pegue o cobertor. — Ela me entregou.

— Obrigado.

Deitei-me no chão frio, desejando poder estar naquela cama quente, aninhado contra ela. Então, talvez isso teria sido um pouco perigoso, considerando que eu provavelmente não seria capaz de esconder minha *empolgação* naquele cenário – principalmente depois de toda essa conversa sobre vibradores e Peg Bundy. Mas, em especial, porque Riley era simplesmente... linda.

Nem se minha vida dependesse disso eu conseguiria. Tudo estava quieto e escuro como breu, então eu não poderia dizer se ela já tinha adormecido ou não.

— Está dormindo? — sussurrei.

— Estou tentando — disse ela categoricamente.

— Tudo bem. Vou entender isso como você não querer falar. Desculpe. Boa noite.

Sua cama rangeu.

— Sobre o que você quer falar?

— Você nunca me contou como acabou trabalhando para a editora.

— Só aconteceu. Fiz um estágio e nunca mais saí. Acabei gostando bastante do mundo literário. E você? Como diabos passou de querer ser astronauta para trabalhar no mercado editorial?

Suspirei.

— Bem, depois do rompimento, eu queria ficar longe de algumas lembranças ruins, então fiz as malas e peguei um trem para a cidade. Não tinha nenhum emprego em vista. Um amigo me arranjou um cargo de administrador no departamento de não ficção e, eventualmente, fui subindo até ser editor. Então, não é muito diferente da sua história.

— Não teria sido minha primeira escolha de carreira — disse ela. — Mas me convém. Sempre me considerei uma pessoa criativa.

— Bem, quero dizer, você escondeu seu vibrador dentro de uma boneca. Não dá para ser mais criativo do que isso.

Houve um momento de silêncio.

— Você está sorrindo? — perguntei.

— Está escuro, então não tenho que admitir se estiver.

Com certeza, ela estava sorrindo.

Nós dois ficamos quietos novamente. Algo ficou me incomodando a tarde toda. Eu tinha sido muito duro com a família de Riley depois de interceptar aquele e-mail que ela havia escrito para a colunista de conselhos — chegando a chamar sua mãe de narcisista materialista e egocêntrica, se bem me lembrava. Mas, depois de vir aqui e conhecer um pouco a todos, percebi que isso estava o mais longe possível da verdade. Então encarei isso. Eu era um homem maduro o suficiente para admitir quando estava errado.

— Eu te devo uma desculpa.

— Terá que ser mais específico. Tenho certeza de que me deve pelo menos dez.

Eu ri. Gostava que Riley não se rendesse fácil.

— Quis dizer pelas coisas que falei sobre sua mãe depois de ler sua cartinha para aquela colunista.

Ela suspirou.

— Minha mãe é... muito... eu sei. Mas a verdade é que ela é uma pessoa muito boa e uma mãe incrível. Essas cartas que ela envia na época do Natal são desagradáveis, sim, e me fazem estremecer, mas o coração dela está no lugar certo. Ela não faz isso para jogar o sucesso de nossa família na cara de outras pessoas. Ela faz isso porque está orgulhosa.

Concordei.

— Sim. Entendo isso agora. Eu estava errado ao dizer essas coisas sobre ela e julguei totalmente mal a situação. Você pode me perdoar?

Riley não disse nada por um minuto antes de falar novamente.

— Estava começando a se preocupar se eu não aceitaria suas desculpas quando fiquei quieta, não foi?

— Sim.

Ela riu.

— Ok. Então estamos quites. Eu precisava fazer você se sentir mal antes de te perdoar.

— Mulher diabólica.

— Tenho meus momentos.

Poucos minutos depois, estávamos conversando sobre algumas das pessoas que conheci naquela noite... quando ouvi um barulho na cama. Não foi um guincho grande, mas foi consistente e rítmico, como se ela estivesse se movendo para frente e para trás e talvez tentando não torná-lo perceptível. Parei no meio da frase quando me ocorreu que ela poderia estar...

Não. Ela não iria...

Ela colocou a cabeça de volta naquela boneca?

Não. Espere. Ela jogou o vibrador do outro lado do quarto. Ela não podia estar...

Mas ela *havia* se levantado para me dar um cobertor e depois foi ao banheiro... então poderia tê-lo pegado de volta sem que eu percebesse. Porém, eu não teria ouvido isso? Eu podia ouvir chiados, mas nenhum zumbido. A menos que ela estivesse apenas usando as mãos. Sufoquei um gemido com o pensamento.

De jeito nenhum... ela não iria.

Ela não podia...

Mas ouvi aquele barulho de novo... baixo, mas constante.

Squeak-Squeak.

Squeak-Squeak.

Definitivamente havia algo acontecendo naquela cama. *O que diabos eu estava fazendo no chão em uma hora dessas?!*

Aparentemente, Riley percebeu que me distraí.

— Ela o quê?

Merda. Eu não tinha ideia sobre o que estávamos conversando.

— Quem?

— Major Saunders.

— O que tem ela?

— Eu não sei... foi você quem parou no meio da frase. Disse "a Major Saunders lhe contou..." e então você simplesmente parou de falar. Adormeceu no meio da frase ou algo assim?

— Humm. Sim. Devo ter dormido. Desculpe.

— Está tudo bem — disse ela. — É tarde, de qualquer maneira. Deveríamos dormir um pouco.

Eu tinha certeza de que não pregaria o olho a noite toda depois de ouvir aquele guincho, mas tanto faz.

— Ok. Boa noite, Riley.

— Boa noite, Kennedy.

Encarei o teto, perdido em pensamentos – o tipo de pensamentos que eu com certeza não deveria ter enquanto compartilhava o quarto com aquela mulher.

De repente, o barulho estava de volta. E ficando mais alto.

Squeak-Squeak!

Squeak-Squeak!

E então...

Ela gemeu.

Definitivamente não era o mesmo gemido que ela deu quando eu disse algo para irritá-la e ela revirou os olhos. Porque, sim, ela era muito adorável quando fazia isso. Esse foi o tipo de gemido que você dá quando está prestes a...

Engoli em seco. Duro.

Que diabos?

E o mais importante... *posso entrar nessa?*

Depois de um minuto prendendo a respiração para que eu pudesse ouvir mais sons de Riley, ela começou a rir. No início, foi uma risada suave, mas rapidamente se transformou em uma gargalhada profunda.

Meu Deus. Ela estava me zoando?

Ela queria que eu *pensasse* que ela tinha seu brinquedo entre as pernas?

Tive que pigarrear para falar.

— O que diabos é tão engraçado?

Ela estava rindo tanto que mal conseguia pronunciar as palavras.

— Meu pescoço está me matando. Provavelmente é devido ao estresse do voo e todas as mentiras que contamos à minha família hoje. Então, estou deitada aqui esfregando um nó próximo ao meu ombro esquerdo, e pensei comigo mesma que um pequeno massageador de mão provavelmente resolveria. Então comecei a imaginar o que você faria se eu saísse da cama, pegasse meu vibrador do chão e o ligasse sem dizer nada quando voltasse para a cama. Você provavelmente teria pensado que eu estava usando, *usando de verdade,* não apenas no meu ombro. E esse pensamento me fez desmoronar por algum motivo.

Soltei uma grande lufada de ar. *Ela não estava dando prazer a si mesma, afinal.*

Puta merda.

Os últimos minutos foram muito cômicos, como costumavam ser com essa mulher. Comecei a ter um colapso. Riley riu um pouco mais também, supondo que eu estava me divertindo com o que ela disse. Mas essa merda era muito engraçada para não compartilhar com ela. Eu literalmente tinha lágrimas escorrendo pelo meu rosto enquanto lutava para recuperar a compostura o suficiente para formar uma frase.

— Riley, ouvi a cama ranger nos últimos minutos, e pensei que você *estava* se divertindo com sua varinha mágica, ou sem ligá-la, já que eu não conseguia ouvir o zumbido.

— O quê? Você pensou que eu estava... com meu... bem aqui na cama com você a um metro e meio de distância? Enlouqueceu?!

Agora que ela colocou dessa forma, parecia um pouco improvável. Uma mulher tão tensa quanto ela, que admitia não ter relações sexuais há muito tempo, provavelmente não pegaria seu namorado movido a bateria na frente de um colega... mesmo que ele *fosse* seu namorado falso.

— Acho que minha imaginação se empolgou.

— Puxa, você acha?

Depois que meu corpo se acalmou, ouvi o rangido baixo da cama começar de novo. Eu duvidava seriamente que o nó no pescoço de Riley fosse desaparecer sem alguma ajuda. Debati comigo mesmo por alguns momentos. então joguei o cobertor de lado e me levantei. Fui até a cama de Riley e me sentei na beirada.

— O que você está fazendo?

— Relaxe, Riley. Vou te ajudar a tirar o nó. Você provavelmente está apenas irritando o outro lado tentando esfregá-lo sozinho.

— Não acho que seja uma boa ideia.

— Sim... assim como vir a sua casa e dizer a sua família que sou astronauta. No entanto, isso não nos impediu. Então, vamos, vire-se de bruços e deixe-me te ajudar.

Ela hesitou e, eventualmente, soltou um grande bufo.

— *Tudo bem.* É meu ombro esquerdo.

Riley ficou de barriga para baixo, e eu coloquei as mãos em seus ombros, me preparando para começar. Mas não pude evitar. Inclinei-me e sussurrei em seu ouvido:

— Confie em mim, linda, sou muito melhor do que o seu vibrador.

CAPÍTULO 7

RILEY

Suas grandes mãos calejadas pareciam tão boas massageando minha pele que minha respiração engatou.

Mais duro. Esfregue-me com mais força.

A voz de Kennedy era baixa.

— Posso tirar sua blusa?

Eu mal conseguia encontrar as palavras.

— Não acho que seja uma boa ideia — respondi com a voz rouca, embora, no momento, soubesse que meu corpo se opunha veementemente.

— Notei a loção na mesa de cabeceira. Se eu usar um pouco, com certeza vou conseguir tirar os nós. Não quero sujar sua blusa. Está escuro, de qualquer maneira, Riley. Honestamente, não consigo ver nada.

Ele tinha razão. Levantando a blusa pela cabeça, senti meu coração começar a bater mais rápido quando o ar frio atingiu meus seios. Mesmo que isso estivesse sendo vendido para mim como inocente, parecia tudo menos isso. E, realmente, foi mais do meu lado. Eu queria as mãos de Kennedy Riley em mim.

Ele colocou um pouco de loção na palma das mãos e começou a esfregar na minha pele.

Aaaah. Céus, eu realmente não queria estar gostando tanto disso, mas foi, de longe, a melhor coisa que senti em muito tempo. Agora ele estava circulando as palmas de forma lenta e firme sobre o meu maior nó no lado superior esquerdo.

Aí, sim.

Um som escapou de mim que nem reconheci quando ele acertou o ponto.

Ele deu uma risadinha.

— É isso aí, hein?

— Sim. Quem diria?

— Sim. Muito tenso. — Ele pressionou com mais força. — Tenho tudo sob controle. Apenas relaxe.

Ele manteve o foco naquele ponto com a palma da mão enquanto sua outra mão estava espalmada do outro lado das minhas costas. Vários minutos se passaram enquanto eu me perdia em seu toque.

Por favor, não pare.

Meu rosto estava virado para o lado no travesseiro. Senti seu peso se deslocar no canto da cama enquanto ele se movia para me montar por trás, uma perna de cada lado.

— Assim está bom? É mais confortável para mim desta forma, mas, se te incomoda, posso fazer de outro jeito, sem problemas.

Gemi em resposta, ainda extasiada com seu toque.

Kennedy soltou uma risada leve.

— Vou entender isso como um sim.

Ele continuou a usar as duas mãos para me massagear dos ombros até a parte inferior das costas, um pouco acima do meu traseiro. Eu não conseguiria dizer a você se teria recusado se ele tentasse mais.

— Você está bem? — ele perguntou baixinho.

— Sim — sussurrei, de maneira quase inaudível.

Apesar dos sons que emanavam de mim que deixavam mais do que claro que eu estava excitada, Kennedy estava sendo um perfeito cavalheiro.

Eu o senti ao meu redor antes mesmo de meus olhos se abrirem. Pisquei. O braço grande e peludo de Kennedy estava enganchado em volta do meu corpo. Assim que percebi, senti algo cutucando minhas costas.

Ai, meu Deus.

E eu estava sem blusa.

Pulei e peguei minha blusa para vesti-la.

— Kennedy, acorde.

— Hummm? — Ele esfregou os olhos. — E aí?

— Como você acabou na minha cama?

— Você nem estava bêbada ontem à noite e não se lembra?

— A última coisa que lembro é você me massageando.

— Isso mesmo. Você adormeceu enquanto eu massageava suas costas. Você pareceu muito confortável enquanto eu esfregava as mãos em sua pele. Percebi que eu não dormir no chão não era grande coisa e, inocentemente, deitei ao seu lado.

— Não era grande coisa? Você tem alguma ideia do que está acontecendo... — Fiz um gesto em um movimento circular com as mãos. — Lá embaixo?

Ele olhou para baixo.

— Ok. Então, é de manhã. Não leve tanto para o lado pessoal.

— Não levar para o lado pessoal?

— Eu não sabia. — Na verdade, ele ficou um pouco vermelho. — Eu sou um cara. Acordo assim todas as manhãs. Teria acontecido se você estivesse aqui ou não.

Talvez eu tivesse exagerado.

— Ok, bem... só dê um jeito nisso — eu disse enquanto desviava os olhos.

Kennedy riu.

— O quê? Fazê-lo descer?

— Sim.

— Bem, querida, o fato de você não estar usando sutiã agora não está ajudando.

Droga. Eu tinha esquecido. Cruzei apressadamente os braços à frente do peito.

Minhas bochechas ficaram quentes.

— Vire-se.

Kennedy ficou de costas para mim e se levantou da cama. Quando peguei meu sutiã e o coloquei por baixo da blusa, observei Kennedy tirar a camiseta que ele usou para dormir.

Suas costas eram lindamente esculpidas. Seu físico me tirou o fôlego. Ele trocou o short por um jeans antes de vestir a camisa.

— Diga-me quando terminar — pediu ele enquanto se abaixava para fechar a braguilha.

Por um segundo, minha mente ficou em branco antes de finalmente responder:

— Oh, certo. Terminei.

Ele se virou.

— Sinto muito por te esfregar do jeito errado. Trocadilho intencional.

Balancei a cabeça.

— Não. Eu exagerei. Sinto muito.

— Bem, já que estamos sendo abertos, devo dizer que menti. Nem sempre acordo assim. Acho que foi muito bom deitar ao seu lado.

Meu rosto estava quente. Sua expressão ligeiramente envergonhada era adorável.

Jesus.

Não.

Eu não poderia estar me apaixonando por Kennedy Riley.

Isso era perigoso.

Ele tinha problemas. Algo aconteceu com sua ex e, pelo que eu sabia, era tudo culpa dele.

Eu precisava ser cautelosa.

— Vou descer para que você possa se vestir. Te vejo lá embaixo — disse ele.

— Quais são seus planos para hoje? — perguntei.

— Eu só vou tomar café da manhã e ir embora. Tenho que ver minha família.

— Ok, então qual é o plano depois disso?

— Você irá a Rochester no final da semana para o casamento do meu irmão, certo?

— Sim, mas quando você precisa de mim?

— O casamento é no próximo sábado. Acho que sexta-feira, talvez? Eu te prometi um vestido da boutique da minha mãe. Isso nos dará tempo para nos prepararmos.

— Ok. Combinado.

Enquanto ia para a porta com planos de tomar um banho, me dei conta de que teria que desempenhar o papel de namorada de Kennedy no final da semana ou, pelo menos, fingir que estávamos ficando casualmente. Não sei por que isso me deixou tão nervosa, mas deixou. Era para tudo isso ser uma fachada, certo? Só que, no momento, tudo que eu conseguia pensar era em como suas mãos foram boas em mim na noite anterior. Ainda podia praticamente senti-las em mim agora. E estava começando a me perguntar o quanto dessa situação ainda era realmente uma atuação, pelo menos para mim.

Sua voz me fez parar quando entrei no corredor.

— Quer que eu volte e pegue você?

— Não precisa. Vou alugar um carro. Não me importo com viagens longas. Elas me dão tempo para pensar.

— Ok. Ah, e, Riley?

— Sim?

— Feliz Natal.

Minha mãe estava praticamente desmaiando em seu mingau de aveia.

— Ginasta *e* astronauta? — Ela balançou a cabeça. — Uma pena que você se feriu. Eu adoraria vê-lo competir. Sempre fico grudada na televisão quando os homens fazem aquele cavalo com alças. Não acredito que

Olivia ainda está dormindo. Tenho certeza de que ela adoraria conversar sobre isso com você. Ela chegou às Regionais no ano passado nas barras assimétricas e na trave de equilíbrio.

Kennedy tinha acabado de contar para mamãe um monte de besteiras sobre como ele tinha chegado às finais do estado de Nova York na ginástica, mas, durante a última rodada, ele teve uma hérnia de disco nas costas que acabou com suas chances de ir para as Olimpíadas no Ensino Médio.

Minha irmã Abby se inclinou para mim e sussurrou:

— Ginasta, hein? Acho que ele é flexível. Não é de admirar que eu tenha ouvido você gemendo na noite passada através das paredes do nosso quarto.

Comecei a engasgar com a torrada que estava mastigando. Pelo menos isso me deu uma desculpa para o rubor subindo pelo meu rosto. Kennedy estendeu a mão e deu um tapinha nas minhas costas.

— Você está bem, querida?

Lutei para limpar a garganta e disse, rouca:

— Sim. Estou bem. Apenas, ãh, desceu pelo lugar errado.

Pelo resto do café da manhã, a mão de Kennedy ficou nas minhas costas, acariciando suavemente a área que ele massageara na noite anterior. Em um momento, seus dedos subiram pela minha nuca sob o meu cabelo. Ele deslizou para um lado e para o outro ao longo da minha nuca, acariciando a pele com um toque terno. Meu corpo ficou todo arrepiado. Foi tão bom que tive uma forte vontade de baixar o queixo até o peito e fechar os olhos.

Jesus, realmente fazia muito tempo. Tudo que o homem fez foi fazer cócegas em meu pescoço, e lá estava eu perto de soltar um gemido novamente. Eu precisava cortar isso pela raiz. De repente, me levantei e comecei a limpar a mesa. Mas meu plano de fuga saiu pela culatra quando

Kennedy insistiu em me ajudar. Claro, sendo o falso namorado perfeito que ele era, disse a minha mãe e minha irmã para ficarem sentadas. Quando vi, eu estava na cozinha, parada perto da pia, e ele chegou perto de mim. *Perto demais.* Senti o calor irradiando de seu peito para minhas costas e sua respiração fez cócegas no meu pescoço.

— Vamos abrir os presentes em breve, se você quiser ficar. Desculpe, não tenho nada para você — eu disse calmamente.

— Tudo bem, você não recebeu muitos avisos, Riley. E eu realmente preciso pegar a estrada.

Ele afastou meu cabelo do ombro e falou baixo perto do meu ouvido:

— O que você vai fazer a semana toda enquanto eu estiver fora, hein?

Tentei ignorar o que seu corpo tão próximo fazia comigo.

— Bem, minha mãe provavelmente vai me fazer ir às compras com ela. Você sabe, para escolher padrões de porcelana depois de como você a encantou desde que chegamos aqui.

Ele riu baixinho.

— Eu gosto de Wedgwood Florentine em turquesa.

Fechei a torneira e enxuguei as mãos em um pano de prato enquanto me virei para encará-lo. Kennedy não fez nenhuma tentativa de recuar.

— Você acabou de inventar isso ou é um padrão real de porcelana?

Ele levantou uma mecha do meu cabelo e começou a enrolá-la para a frente e para trás entre os dedos.

Estranhamente, ele parecia muito hipnotizado por isso.

— A maioria das pessoas exibe a porcelana, mas não a usa. Minha avó usava a dela apenas para os netos. Ela dizia que todo dia era um dia especial quando você tinha netos para alimentar. Wedgwood Florentine era o padrão que ela tinha, em turquesa.

— Era? Ela faleceu?

Ele olhou nos meus olhos e assentiu, então preguiçosamente enrolou a mecha de cabelo em volta do dedo e deu um pequeno puxão.

— Ela morreu há alguns anos. De câncer.

— Sinto muito.

Kennedy concordou com a cabeça.

— De qualquer forma, quando minha ex e eu estávamos escolhendo as coisas, eu queria ter o padrão de porcelana da minha avó. Gostava e me trazia boas lembranças. Ela rejeitou a ideia bem rápido, dizendo que não teria pratos turquesa cafonas em sua casa.

Minhas sobrancelhas se juntaram.

— Escolhendo? Quer dizer que você estava noivo da sua ex?

— Sim.

— Oh. O que aconteceu?

— É uma longa história. Mas foi melhor assim. Ela vai se casar em breve.

Oh. Uau. Isso foi muita informação em apenas algumas frases. E eu não estava pronta para deixá-lo escapar tão facilmente desta vez.

— Os pratos podem esperar, se você quiser falar sobre isso.

Ele olhou para onde eu estava literalmente enrolada em seu dedo. Ele parecia estar pensando em me contar mais quando minha mãe irrompeu na cozinha. Kennedy se endireitou, mas continuou brincando com meu cabelo.

— Kennedy, você é tão alto. Acha que pode pegar algumas coisas para mim na prateleira de cima da despensa?

Kennedy puxou minha mecha de cabelo novamente e se inclinou para beijar minha testa.

— Outra hora. Minha futura sogra precisa de mim, e realmente preciso pegar a estrada.

Soltei um longo suspiro enquanto o observava entrar na despensa com mamãe. Os dois riram enquanto ele pegava alguns dos pratos natalinos Spode dela.

Kennedy Riley era, com certeza, um enigma. Ele tinha uma casca dura, sem dúvida. Mas, quanto mais camadas eu removia, mais percebia que talvez, apenas talvez, aquele exterior rígido tinha que ser assim porque estava protegendo um coração muito mole.

— Tenha cuidado na estrada.

Mais tarde, naquela manhã, Kennedy fechou o porta-malas do carro alugado, enviando uma cascata de neve para o chão a seus pés. Enxugou as mãos na calça jeans e as enfiou nos bolsos do casaco. A neve parara de cair em algum momento durante a noite, mas continuara por tempo suficiente para deixar pelo menos vinte centímetros de camada branca no chão. Não o suficiente para paralisar a vida, mas o suficiente para tornar a direção uma verdadeira dor de cabeça.

— Vou tomar. Vou ficar bem. Eles já limparam as estradas secundárias, então tenho certeza de que a rodovia está limpa agora.

Coloquei um cardigã grosso para acompanhá-lo até o carro e o apertei com mais força. Estava congelando. Eu deveria ter pegado meu casaco pesado. A neve podia ter parado, mas a temperatura continuava a cair.

— Você deveria entrar em casa. Está muito frio aqui sem casaco.

Concordei. Mas então o constrangimento se instalou. Como eu deveria dizer adeus a esse homem? Estávamos agindo como um casal amoroso pelo último dia e meio, e ele dormiu na minha cama, então era estranho apenas acenar e não dar pelo menos um abraço nele ou algo assim.

— Tudo bem. Ok, vejo você no próximo fim de semana. — Eu me lancei para a frente e dei a ele um abraço incrivelmente estranho e desajeitado que tornou a situação ainda mais desconfortável. Quando me afastei, Kennedy olhou para mim em silêncio. Ele provavelmente pensava que eu era a maior idiota. — Tudo bem — repeti. — Bom... tenha uma boa semana.

Eu me virei e dei dois passos apressados em direção à casa.

— Riley, espere. — De repente, Kennedy agarrou meu braço e me puxou de volta contra ele. — Sua mãe está olhando pela janela.

Olhei por cima do ombro, examinando as janelas da frente.

— Não estou vendo ninguém.

— Ela estava lá. E não queremos que ela desconfie. Então receio que vai ter que me dar um adeus melhor do que esse.

— Mas...

Antes que eu pudesse terminar, Kennedy segurou meu rosto e selou a boca sobre a minha. No começo, fiquei chocada e congelada, mas então uma onda de desejo que nunca parecia estar longe quando ele estava por perto tomou conta. Seus lábios eram tão suaves, mas suas ações eram quase brutas. Uma de suas grandes mãos serpenteou ao redor da minha nuca, e ele apertou e inclinou minha cabeça como queria. Foi tão bom que suspirei em sua boca, e ele aproveitou a oportunidade para encontrar minha língua e aprofundar o beijo. Não sei o que deu em mim, mas tive um desejo forte de chupar sua língua.

Todo o inferno pareceu explodir depois disso. Kennedy gemeu, então puxou meu lábio inferior e o mordeu.

Vagamente registrei ser levantada. Em um minuto, eu estava de frente para o carro alugado e, no seguinte, minhas costas foram empurradas contra ele, Kennedy pressionando seu corpo rígido no meu. Um gemido alto passou entre nossos lábios unidos. Eu nem tinha certeza de a qual de nós ele pertencia.

Deus, isso era tão bom. Enfiei as mãos em seu cabelo grosso, puxando os fios macios e sedosos, desesperada para trazê-lo ainda mais para perto.

Eu não tinha ideia de quanto tempo ficamos parados ali, nos beijando na garagem da minha mãe como adolescentes. Mas quando finalmente nos afastamos para respirar, eu estava ofegante, e as bochechas de Kennedy estavam vermelhas, enquanto seu olhar de pálpebras pesadas permanecia em meus lábios.

Pisquei algumas vezes e estendi a mão para cobrir com os dedos meus lábios inchados.

— Uau.

A boca de Kennedy se curvou naquele sorriso lento e sexy ao qual eu estava me tornando muito apegada.

— Repete.

— Quer dizer, isso foi...

— Sim. Foi.

Uma rajada de ar frio soprou, e estremeci. Eu tinha me esquecido completamente do frio.

— É melhor você entrar.

— Sim. Hummm. Ok. Te vejo na sexta.

Subi a calçada completamente atordoada. Quando cheguei à porta da frente, não pude resistir a olhar para trás. Kennedy não havia saído de onde eu o deixara, e seus olhos ainda estavam em mim. Acenei, e ele enfim abriu a porta do carro e entrou.

Não importava que estivesse congelando lá fora. Eu ainda estava em chamas da nossa sessão improvisada de beijos e precisava de um momento para me acalmar antes de entrar em casa. Então fiquei na porta e observei enquanto o carro de Kennedy se afastava e dirigia pelo quarteirão.

Eventualmente, quando as luzes traseiras não estavam mais à vista, abri a porta da frente e corri para dentro. Minha mãe e minha irmã estavam sentadas à mesa da sala de jantar, exatamente onde estavam quando saí para levar Kennedy. Mamãe olhou para mim.

— Kennedy saiu bem?

— Sim. — Voltei para a porta da frente. — Humm... você não estava... na janela alguns minutos atrás?

Minha mãe deu uma risadinha.

— Não, querida. Eu sou intrometida, mas nem tanto. Tenho certeza de que os dois pombinhos precisavam de um pouco de privacidade para se despedir.

Hummm...

— *Alguém* estava na janela? Pensei ter visto as cortinas se movendo.

Mamãe sorriu.

— Não, querida. Nenhuma de nós moveu um músculo desde que você saiu para acompanhar Kennedy até o carro.

CAPÍTULO 8

RILEY

— Então, houve uma ligeira mudança de planos.

Kennedy me ligou durante a viagem para Rochester. Eu estava a apenas cerca de vinte minutos de distância.

— O que houve?

— Estou preso na loja de aluguel de smoking com os caras da festa de casamento. Eles confundiram todos os tamanhos e agora estão tentando consertar. Então, não poderei encontrar você na loja da minha mãe.

A mãe de Kennedy deveria ter lhe dado as chaves de sua boutique para que ele pudesse me levar para escolher um vestido para o casamento. Eu não tinha certeza do que essa notícia significava.

— Devo esperar você em algum lugar?

— Não. Se me esperar, não teremos tempo suficiente para o jantar de ensaio. Acabei de falar ao telefone com minha mãe, e ela vai encontrar você lá.

O pânico começou a me tomar.

— Kennedy, não posso encontrar sua mãe sem você!

— Por que não?

— Nós nem sequer discutimos o que vou dizer e tal.

— Honestamente, Riley? Basta ser você mesma. Isso é mais do que suficiente. Não há nada que possa dizer que poderia torná-la melhor do que já é.

Suas palavras me acalmaram um pouco. *Sério, que coisa doce de se dizer.*

— Acho que só pensei que você quisesse que eu animasse um pouco as coisas. Sabe, como nos conhecemos quando eu estava salvando você de um prédio em chamas. Esse tipo de coisa.

Ele soltou uma gargalhada.

— Riley, esse nunca foi o plano. Diga a verdade. Embora, talvez se esqueça de mencionar que menti descaradamente para sua mãe no Natal. Minha mãe não precisa saber de nada disso.

Soltei um suspiro.

— Deus, agora estou nervosa. Achei que você estaria comigo.

— Riley, você vai ficar bem. Estarei aí assim que puder.

A boutique da sra. Riley era basicamente uma casinha, situada na esquina de uma rua residencial. Um vestido de renda branca com uma faixa cor de champanhe estava exposto na vitrine e uma placa dizia: *Noivas da Suzanne.* Pelo que Kennedy me contou, a loja de sua mãe tinha vestidos e sapatos normais, bem como vestidos de noiva.

Uma parada de compras para conhecer a família do seu namorado falso.

Um sino soou quando abri a porta.

— Estou indo! — Ouvi alguém gritar dos fundos.

Minhas mãos estavam suadas enquanto me preparava para encontrar a sra. Riley. Meus olhos percorreram uma linha de vestidos brancos apertados lado a lado ao longo do lado esquerdo da loja. Do outro lado, havia vestidos de noite e modelos mais curtos em um arco-íris de cores.

— Riley?

Eu me virei em direção à voz.

Uma mulher pequena com cabelo castanho curto e um sorriso enorme me cumprimentou.

— Sra. Riley?

— Por favor, me chame de Suzanne. Puxa, não consigo superar o fato de que seu primeiro nome é nosso último nome!

— Sim. É uma coincidência muito engraçada.

— Kennedy me contou que foi assim que vocês dois se conheceram. Ele estava sendo um espertalhão depois de receber algumas de suas mensagens de e-mail.

Pisquei. Me pegou desprevenida o fato de ele ter se aberto com sua mãe sobre isso.

— Sim. Foi exatamente assim que nos conhecemos. — Eu ri e baixei os olhos, me perguntando o quanto ela sabia sobre aqueles e-mails.

— Bem, ele parece gostar muito de você. Acho que era para ser assim. — Ela sorriu. — De qualquer forma, não quero fazer você corar.

Eu não tinha percebido que estava corando.

Ela bateu palmas.

— Vamos encontrar um vestido para você, ok? Kennedy enviou por e-mail o seu tamanho.

Suzanne me perguntou que cor eu tinha em mente, e eu disse a ela que gostava de tons mais escuros, já que qualquer coisa muito clara me deixava pálida. Ela escolheu alguns vestidos mais curtos em vermelho, azul e ameixa.

— Pode se trocar naquele provador ali no canto. Então saia e use o espelho grande daqui. A iluminação é melhor.

— Muito obrigada. — Aventurei-me no provador para brincar de me vestir.

Quando voltei para a sala principal, outra pessoa havia chegado, uma mulher jovem e atraente da minha idade.

A mãe de Kennedy nos apresentou.

— Riley, esta é a noiva do meu filho Bradley, Felicity.

— Oh, você é a noiva! Parabéns — eu disse. — É muito bom conhecê-la.

Felicity tinha longos cabelos castanhos e me lembrava um pouco a atriz Katie Holmes em seus dias de *Dawson's Creek.*

— Riley é o par de Kennedy para o casamento.

Os olhos de Felicity se arregalaram e sua boca se abriu um pouco, como se a notícia de Kennedy trazendo alguém para casa fosse um choque.

— Uau, ok. Como vocês dois se conheceram?

— Trabalhamos na mesma empresa, em divisões diferentes.

— Ah, um romance de escritório.

— Mais ou menos, eu acho. Mas, mesmo assim, estou aqui. E ele é um cara ótimo.

— Oh, eu sei — ela me assegurou.

Tentando mudar de assunto sobre meu relacionamento com Kennedy, perguntei:

— Seu vestido é daqui?

— Claro. De onde mais? — Ela sorriu. — Na verdade, estou aqui para a prova final. Suzanne falou que, já que ela viria aqui para conhecê-la, poderíamos muito bem fazer isso agora, em vez de esperar até amanhã de manhã. — Ela olhou para o meu vestido. — Ameixa fica ótimo em você, por falar nisso.

— Obrigada. Acho que este é o escolhido. Nem acho que preciso experimentar os outros. Amei.

— Eu não poderia concordar mais. Combina perfeitamente com você. — A empolgação encheu seus olhos. — Quer ver meu vestido?

— Hum, claro. Eu adoraria.

— Ok. Volto logo!

Felicity desapareceu com Suzanne em um quarto dos fundos. Fui até a longa arara de vestidos de noiva e parei em um em particular que absolutamente amei. Ah, sim, este seria o que eu escolheria se fosse meu grande dia. Um vestido de renda simples, estilo trompete, sem alças e apenas um toque de brilho. Meu coração ficou pesado porque, naquele momento, pensei em Frankie e em como ele planejou propor casamento, mas nunca teve a chance.

Saí dos meus pensamentos tristes, piscando para conter uma lágrima inesperada assim que Felicity veio flutuando de volta para a frente, segurando as laterais de seu vestido estilo Cinderela, com um enorme sorriso no rosto.

— Oh, meu Deus. Você está linda, como uma princesa — elogiei quando ela subiu na plataforma elevada em frente ao espelho, embora a saia de tule enorme não fosse meu estilo.

Suzanne percebeu que minha mão permanecia no vestido que eu estava admirando.

— Você gostou desse? Boa escolha.

— Gostei, sim.

— Esse é, na verdade, meu design original. Eu não desenho todos, mas esse é personalizado. Fiz para um casamento que acabou não acontecendo, infelizmente.

— Ah, então está amaldiçoado? É perfeito para mim, então. — Eu ri.

— Quer experimentar?

— Ah, é melhor, não.

— Vamos, Riley! — Felicity incentivou. — Vai ser divertido.

Não demorei muito para ser convencida. Era um vestido lindo mesmo. Dei de ombros e o tirei da arara.

— Ok!

Depois de voltar para o provador e colocá-lo, percebi que a parte de trás era como um espartilho e precisava ser apertada e amarrada. Eu iria precisar de ajuda.

Quando saí, Suzanne falou:

— Oh, que lindo. Esse vestido parece que foi feito para você, Riley!

Felicity deu a volta atrás de mim.

— Aqui, deixe-me ajudar — ofereceu ela, enquanto começava a amarrar a parte de trás do corpete.

O telefone da boutique tocou, e Suzanne desapareceu para atender.

Enquanto Felicity continuava trabalhando no corpete, ela disse:

— Estou muito feliz que você esteja aqui, Riley.

— Obrigada. Estou feliz por estar aqui.

— Não tínhamos certeza de que Kennedy iria aparecer. Então, de repente, ele estava voltando para casa e concordou em estar na festa de casamento. Foi preciso muito esforço para chegarmos a um ponto em que podemos conversar novamente. Uma parte de mim sempre o amará, mas não da mesma forma, é claro.

Pisquei, confusa.

— Da mesma forma?

Seu rosto congelou quando seus olhos encontraram os meus no espelho.

— Kennedy... contou a você sobre a nossa história, certo?

Engoli em seco.

— Receio que não.

— Merda. Apenas presumi...

Me virei para encará-la.

— Que história?

— Kennedy e eu estávamos juntos antes de eu me apaixonar pelo Bradley.

— Bradley. O irmão dele. — As engrenagens em minha cabeça giraram tão rápido que fiquei tonta.

— Espere. Você é... aquela por quem ele não se tornou Neil Armstrong?

Ela franziu a testa, parecendo confusa.

— Como é que é?

— A mulher com quem ele estava quando recusou o programa espacial.

— Ah. Sim. Estávamos juntos nessa época. — Ela pareceu perceber o erro ao revelar isso para mim. — Merda. Se ele não te contou, eu não deveria ter dito nada.

— Não, estou feliz que você o tenha feito.

— Pode não mencionar que tivemos essa conversa?

— Vou deixar que ele mesmo me conte, em seu próprio tempo. Se ele quiser que eu saiba.

Mexi no meu decote, de alguma forma me sentindo como se ele estivesse me sufocando, embora não estivesse nem perto do meu pescoço. Esta nova informação me deixou atordoada.

A ex de Kennedy o deixou... por seu irmão.

Ela se casaria com ele no dia seguinte.

E Kennedy estaria no casamento.

Isso explicava por que ele não ia para casa há tanto tempo.

Assim que Suzanne voltou, a campainha da porta tocou. Nossa cabeça se virou para ela ao mesmo tempo.

Os olhos de Kennedy se arregalaram quando ele teve a visão surreal de duas garotas e dois vestidos.

CAPÍTULO 9

RILEY

— É melhor você ir mais devagar.

Kennedy levantou o que devia ser sua quarta bebida em uma hora desde que tínhamos chegado ao jantar de ensaio e bebeu até a última gota antes de inclinar o copo em minha direção.

— É melhor você cuidar da sua própria vida.

Suspirei. Desde a boutique, naquela tarde, Kennedy havia mudado. Ele se transformara de volta no idiota que conheci em nossas trocas de e-mail, ao invés do homem doce que eu estava conhecendo pouco a pouco. Quando tentei falar sobre Felicity, abrindo a porta para deixá-lo me contar o que tinha acontecido com ela e seu irmão, ele se fechou. Então agora havia um elefante gigante na sala, pelo menos para mim — não deixei transparecer que sabia, mas ele também não se ofereceu para nada.

Alguém bateu com o garfo na taça, e toda a sala juntou-se até que houve uma sinfonia de cristal tilintante. Aparentemente, isso significava que os noivos teriam que se beijar — uma tradição da qual eu nunca tinha ouvido falar. Mas já tinha acontecido pelo menos meia dúzia de vezes, com Bradley fazendo cada beijo durar mais do que o anterior. Observei o rosto de Kennedy quando ele viu seu irmão sorridente e o beijo de sua ex-noiva.

Bradley era basicamente uma versão mais baixa e menos bonita de Kennedy. E era exibido.

Ele curvou Felicity para trás de forma dramática, e a sala explodiu em aplausos.

Kennedy parou a garçonete quando ela tentou passar. Suas palavras estavam começando a soar confusas.

— Outro gin tônica. Faça um duplo.

Fiz uma careta e olhei para ela.

— *Por favor.* Ele quis dizer *por favor.*

Depois que ela se afastou, Kennedy se inclinou na minha direção. Ele fedia como a porcaria que esteve engolindo a noite toda enquanto tentava sussurrar no meu ouvido.

— Eu gostaria de ouvir você dizer isso embaixo de mim.

Minhas sobrancelhas franziram.

— O quê?

— *Por favor.* Vamos. Diga de novo. Use aquela voz sexy e ofegante que usou enquanto eu esfregava seu pescoço naquela noite. Tenho sonhado com você me implorando para colocar as mãos em você de novo a semana toda.

Coloquei a mão no seu peito e o cutuquei para recuar.

— Em primeiro lugar, se pensa que está sussurrando… não está. — Acenei para sua tia sentada do outro lado dele, que estava nos olhando com curiosidade. — Em segundo lugar… — Eu me inclinei e *realmente* sussurrei: — Embora seja bom saber que está sonhando comigo durante toda a semana, você não vai me ouvir implorar por nada. Eu não imploro. E não porque estou acima disso, mas porque não preciso. Se eu estivesse embaixo de você como nos seus sonhos, *você* é que *estaria* implorando. E, por último, eu não faço sexo bêbado e desleixado.

Kennedy começou a rir. Não uma risada baixa e educada, mas uma gargalhada estrondosa, alta e bêbada. Seu irmão, encerrando a demonstração pública de afeto, se aproximou e colocou a mão no ombro de Kennedy. Bradley sorriu, alheio ao estado do homem sentado ao meu lado.

— Estou tão feliz que você decidiu vir, irmãozinho.

Kennedy deu uma risadinha e resmungou:

— Você sabe para onde mais eu costumava ir? Para dentro da sua...

Ah, não. Meus olhos se arregalaram. Ele disse bem baixo, então eu não tinha certeza se Bradley ouvira, mas eu não esperaria que um soco o acertasse para descobrir. Me levantei abruptamente.

— Pode nos dar licença? Preciso ir ao banheiro. Kennedy estava prestes a me mostrar onde fica.

Kennedy olhou para mim com uma carranca e balançou para a frente e para trás em seu assento. Ele apontou para o outro lado da sala.

— É bem ali.

Puxei seu cotovelo e o coloquei de pé.

— Sim. Mas posso me perder. Então, por que você não me mostra?

Ele se virou para o irmão.

— Ela provavelmente quer me chupar um pouco mais. Ela faz uma coisa em que...

Dei um puxão forte nele. Bradley riu. Felizmente, ele não deve ter entendido a parte sobre entrar na sua noiva. Deu um tapa no ombro do irmão.

— Vão se divertir, pombinhos.

Enganchei meu braço com o de Kennedy e o guiei pelo restaurante em direção aos banheiros. Assim que chegamos lá, me virei para encará-lo.

— Olha, nós não nos conhecemos muito bem. Mas, no pouco tempo que te conheço, aprendi que você é bem orgulhoso, e não acredito que ficará muito feliz consigo mesmo amanhã se fizer uma cena aqui. Então, acho que devemos encerrar a noite e voltar para a casa da sua mãe.

Kennedy parecia estar se esforçando para focar, piscando várias vezes quando alternou entre meus olhos. Então seus ombros caíram.

— Ok. — Ele parecia um pouco perdido.

— Obrigada. Por que você não vai ao banheiro masculino e joga um pouco de água no rosto? E eu vou me despedir.

Ele enfiou as mãos nos bolsos.

— Ok.

Esperei até que entrasse no banheiro masculino, e fui em busca da sua mãe. Ela não pareceu nem um pouco surpresa ao saber que estávamos indo embora.

— Kennedy não está se sentindo muito bem, Suzanne, então vamos embora.

Ela sorriu tristemente e pegou minha mão.

— Compreendo. Deve ser difícil para ele. Embora eu ache que é bom que ele tenha vindo. Às vezes, nos afastamos, mas não fechamos totalmente a porta, e isso nos impede de seguir em frente. — Suzanne esfregou meu braço. — Tenho um bom pressentimento quanto a vocês dois, no entanto. Trabalhei com casais minha vida inteira, e às vezes você simplesmente sabe.

Achei que seu radar de conexão amorosa estava bem ruim, mas não queria magoá-la, então simplesmente sorri.

— Obrigada pelo adorável jantar.

Kennedy ainda estava de mau humor enquanto entrávamos no Uber.

— Você está bem? — perguntei.

Ele ficou olhando pela janela por um longo tempo, então me surpreendeu estendendo a mão e tirando a minha do meu colo. Ele entrelaçou nossos dedos.

— Obrigado — disse ele.

— De nada. É para isso que servem os amigos.

Ele levou nossas mãos unidas aos lábios e beijou o dorso da minha.

— Amigos, hein? É isso que somos?

Bem, considerando que todos os pelos dos meus braços e pescoço se arrepiavam no minuto em que qualquer parte do corpo dele tocava o meu, eu estava pensando que talvez houvesse algo mais entre nós.

Mas era idiotice prosseguir em uma conversa com um homem bêbado. Então concordei.

— Sim, somos amigos.

Kennedy se inclinou na minha direção e baixou a voz.

— Isso é ruim. Porque eu realmente amo aquilo que você faz com a língua.

Era hora de abrir as cortinas. Estava acordada desde as cinco da manhã, já estava com meu vestido cor de ameixa e tinha conseguido me maquiar sem a iluminação adequada. Enquanto isso, Kennedy estava roncando.

Escapei pelo corredor e tomei um banho muito rápido antes que alguém acordasse. Não queria ter que enfrentar sua mãe ou qualquer outro convidado depois da noite anterior; pelo menos, não até que eu tivesse Kennedy como amortecedor.

Cutucando seu ombro, eu disse:

— Hora de levantar, dorminhoco.

Ele piscou e abriu os olhos.

— Que horas são? — ele gemeu.

— É quase meio-dia. A cerimônia começa às duas, então achei que era hora de você acordar.

Seus olhos se arregalaram.

— Por que não me acordou antes?

— Bem, você precisava dormir.

O cabelo de Kennedy estava uma bagunça selvagem. Ele se sentou e massageou as têmporas.

— Sobre a noite passada... Não tenho certeza do que eu disse ou fiz... Eu...

— Kennedy, está tudo bem. Todos nós temos esse tipo de noite.

— Não me lembro de muito depois de entrar no carro com você.

— Isso é porque você desmaiou no Uber. Tive que te arrastar para dentro de casa.

Ele franziu a testa, parecendo um pouco envergonhado, então perguntou:

— Espere. Se estou na cama, onde você dormiu?

Contei a ele a verdade.

— Bem ao seu lado.

— Você esteve ao meu lado a noite toda, e eu nem sabia?

— Sim. Nua e tudo — menti. — Olha todas as coisas que você perde quando não bebe com responsabilidade.

— Nem mesmo brinque com isso, Riley. Se você ficou nua ao meu lado a noite toda e eu perdi, juro que nunca mais vou beber.

Pisquei.

— Ok, eu estava de pijama. Mas dormi perto de você. Achei que era inofensivo. Você era basicamente uma pilha de pedras. Nada ia se *mexer* na noite passada, se é que me entende.

Ele parecia verdadeiramente perplexo.

— Por que está sendo tão compreensiva se agi como um idiota na sua primeira noite aqui?

Fazia sentido que ele estivesse confuso sobre por que eu estava sendo tão legal. Ele não sabia que Felicity havia me contado o verdadeiro motivo pelo qual ele não voltava para casa há tanto tempo. Ainda achava que eu não sabia por que temia tanto este dia. Portanto, minha resposta não foi exatamente toda a verdade.

— Está se esquecendo do que nos uniu para o Natal, em primeiro lugar? Se alguém entende bem sobre deixar a família estressá-lo, sou eu.

Kennedy empurrou o edredom e sentou-se na beirada da cama. Tirei sua camisa na noite anterior, mas mantive a calça, então ele dormiu com ela.

— Bem, depois do meu comportamento no jantar de ensaio, sem mencionar te jogar no fogo com minha mãe na boutique antes disso, não tenho certeza de por que está me perdoando tão facilmente. Mas obrigado.

Eu meio que sorri.

— Vamos apenas tentar passar por este dia, ok?

— Não vou beber hoje. Não farei isso com você de novo.

— Obrigada. Mas vou estar ao seu lado, Kennedy. Tudo bem se quiser beber. É um casamento.

— De jeito nenhum. Eu trouxe você comigo para me apoiar, mas isso não deveria incluir você ter que me arrastar bêbado até a porta porque não consegui ficar sem beber. Vou ficar só na água. — Ele se virou para mim e abriu a boca para falar, então parou. — Deus, Riley, você está linda. Sério, pensei que era praxe você não ofuscar a noiva.

— Ah, para, você é tão fofo quando está de ressaca.

— Surpreendentemente, não me sinto tão mal como pensei que ficaria. Na verdade, estou morrendo de fome — ele disse enquanto seus olhos se demoraram no meu decote.

Bati em sua perna.

— Vamos lá. Mexa-se. Apresse-se e vista-se. Talvez possamos pegar umas panquecas no IHOP antes da cerimônia. Se eu não tomar café logo, acho que minha cabeça vai explodir.

— Por que não foi até a cozinha e comeu? Minha mãe sempre prepara algo mais cedo.

A resposta honesta não seria um bom presságio para mim.

— Eu... não estava com vontade de falar com sua família.

— Então ficou aqui me esperando acordar?

— Sim. Eu sou antissocial *assim*. Levantei e tomei banho antes que alguém acordasse e fiquei presa aqui com seu estado lamentável desde então.

— Bem, você merece uma xícara de café do tamanho da sua cabeça por me aturar ontem à noite. Vamos abastecê-la com cafeína.

— Também tenho que fazer xixi urgente.

— Por que não fez xixi?

— Eu teria que passar por alguém no corredor e, não sei, *conversar* primeiro para depois chegar ao banheiro.

— Então agora você vai se mijar, só porque me deixou dormir.

— Basicamente isso. Só estou esperando você sair e falar com sua família para distraí-los, então vou me esgueirar pelo corredor.

Kennedy estava rindo de mim. Foi bom vê-lo sorrindo porque eu sabia que ele provavelmente estava muito ansioso para aquele dia.

Meus olhos vagaram até um ursinho de pelúcia no canto de sua cômoda.

— Ursinho legal — provoquei.

— Você pode não acreditar, mas não há brinquedos sexuais escondidos dentro dele.

Apertei minha barriga.

— Meu Deus. Não me faça rir, ou vou fazer xixi aqui.

Ele se forçou a ficar de pé.

— Vamos, querida. Vamos encontrar uma panela para você mijar.

Por algum milagre, a casa agora estava silenciosa. Eu tinha ouvido pessoas conversando antes, mas todos já deviam ter saído. Pude usar o banheiro no final do corredor em paz enquanto Kennedy nos servia duas canecas de café.

Nós as levamos de volta para seu quarto e, depois que ele tomou banho, observei Kennedy colocar a calça de smoking e a camisa branca. De pé atrás dele enquanto ele se olhava no espelho de corpo inteiro preso à porta do armário, discretamente, admirei sua beleza masculina e a forma como seus músculos ficavam naquela camisa. Sem mencionar a forma como a calça abraçava sua bunda.

Ele se virou para mim, e o ajudei a ajustar sua gravata antes de alisar a camisa. Eu podia sentir o quanto seu coração batia rápido através do tecido. Nossos olhos se encontraram por um momento. Ele engoliu em seco. Meus lábios se separaram em resposta ao calor primitivo que vi em seus olhos.

Minha atração crescente por ele estava apenas aumentando essa confusão complicada.

Deus. No que Felicity estava pensando? O que poderia tê-la possuído para desistir desse homem?

Me perguntei se ele deixaria esse dia passar sem admitir a verdade para mim.

CAPÍTULO 10

KENNEDY

— Ela está linda, não está?

Um dos tios-avô de Felicity sentou-se ao meu lado. Alguém havia nos apresentado antes na igreja, e eu me lembrava vagamente de tê-lo conhecido alguns anos antes, mas até parece que eu conseguia me lembrar do seu nome.

A mesa que me foi designada na recepção era ao lado da pista de dança, e eu era o único sentado no momento. Bem, e o velho ao meu lado agora.

Todo mundo parecia estar na pista de dança ou se divertindo. Olhamos para a multidão de pessoas pulando ao redor. Ele deve ter pensado que eu estava olhando para a mulher vestindo quatro quilos e meio de branco e dançando no ritmo da música. Mas eu não me importava mais com ela. Não, meus olhos estavam seguindo a linda mulher de vestido cor de ameixa, a que estava dançando animadamente com minha mãe. As duas estavam histéricas, rindo como se se conhecessem há anos.

— Sim. Ela está linda.

Minha mãe começou a virar à direita e Riley agarrou seu braço para guiá-la para virar à esquerda com todos os outros. Riles era muito boa em dança de linha. Eu realmente gostava da maneira como seus quadris se moviam. Minha mãe, por outro lado, não era tão coordenada. Eu deveria à minha acompanhante uma massagem nos pés depois das tantas vezes que mamãe pisou neles.

Bebi minha água, e meus olhos encontraram os de Riley do outro lado do salão. Ela acenou para que eu me juntasse a elas na pista de dança, mas eu estava apreciando muito bem a vista. Sorri, mas neguei, balançando a cabeça.

— Não vejo minha sobrinha-neta desde que ela era criança. E quanto a você? Conhece bem os noivos? — Aparentemente, o tio de Felicity também não se lembrava muito de ter me conhecido antes, o que foi ótimo.

— Na verdade, não. Realmente não conheço nenhum deles muito bem.

O tio não-sei-o-quê afrouxou a gravata.

— Minha esposa está do outro lado do salão. Ela está no meu pé para cortar os carboidratos. Pegue para mim um pedaço daquele pão que está no cesto ali, está bem? Ela está muito ocupada agora tagarelando para perceber.

Eu ri.

— Certo.

Enquanto o tio-avô de Felicity estava ocupado mastigando seus carboidratos, a música mudou para uma dança lenta. Riley e minha mãe se abraçaram, e meu par começou a caminhar em direção à mesa. Coloquei o pão e a manteiga ao alcance do velho e assenti.

— Aqui está. Já volto.

Eu me levantei e estendi a mão para Riley.

— Quer dançar mais?

Ela colocou as mãos na cintura.

— Eu tenho tentado te levar para dançar comigo a noite toda. *Agora* você me pede para dançar? Quando sua mãe já me esgotou?

Entrelacei meus dedos com os dela e a puxei de volta para a pista de dança.

— Vamos lá. Vou fazer todo o trabalho. Eu estava mal-humorado mais cedo. Mas meu humor melhorou.

Ela colocou os braços em volta do meu pescoço.

— Ah, é? Bem, fico feliz em ouvir isso. Casamentos devem ser divertidos.

Deslizei os braços ao redor dela e a puxei contra mim.

— Está ficando mais divertido a cada momento.

Riley suspirou e virou a cabeça para descansar no meu peito. Nós balançamos juntos, deslizando pela pista de dança lentamente. Uma música terminou e outra começou, mas nenhum de nós tentou voltar para a mesa. Eu, com certeza, não tinha desejo algum de deixá-la ir tão cedo. Ela ficava muito bem nos meus braços.

Há anos eu temia voltar para casa, temendo este dia em particular. Ainda assim, de alguma forma, no final de tudo, as coisas não pareciam tão sombrias por causa dela. Riley tinha feito mais por mim do que ela jamais poderia imaginar, e senti que lhe devia alguma honestidade. Então, quando a segunda dança lenta terminou e uma música pop começou, peguei sua mão e a levei para fora da festa.

Mais cedo, quando fui ao banheiro masculino, vi um garçom se esgueirar por trás de um conjunto de cortinas pesadas e desaparecer por uma porta secreta. Por acaso ele estava voltando, cheirando a cigarro, no mesmo momento em que terminei no banheiro, e tive um vislumbre de uma simpática sacada secreta com vista para o lago congelado lá fora.

— Aonde estamos indo?

— Para algum lugar calmo.

Olhei em volta para me certificar de que ninguém estava olhando e levantei as cortinas.

— Depois de você.

Riley riu.

— Oh, uau. Como sabia disso aqui?

— Tenho meus meios.

Era uma noite clara, excepcionalmente quente para o norte do estado de Nova York em dezembro, o que significava que devia estar uns agradáveis sete graus. Riley parou na grade e olhou para o lago.

Ela fechou os olhos e respirou fundo.

— Sinto falta do cheiro do norte do estado.

Senti falta do cheiro do perfume dela, que eu estava gostando enquanto dançávamos tão perto.

Tirei o paletó do smoking e parei atrás dela, envolvendo-o em seus ombros.

— Obrigada.

Esfreguei as mãos em seus braços por baixo do paletó.

— Não. Obrigado por ter vindo comigo. Eu não teria vindo se não fosse por você, e eu realmente precisava estar aqui esta noite.

Ela se virou e me olhou. Não recuei, deixando-a presa entre a grade e o meu corpo.

— Foi muito bom, Kennedy. Estou feliz por ter vindo também. Sua mãe é muito divertida.

— Sim. Ela realmente gosta de você. Eu sabia que ela gostaria. Aposto que, se ela escrevesse uma daquelas cartas cafonas de Natal, você estaria nela.

Riley riu. O som suave e feminino fez meu peito se aquecer, embora cada expiração se transformasse em uma nuvem gelada ao encontrar o ar frio.

Olhei para os meus pés.

— Há algo que não mencionei sobre a noiva e que acho que você deveria saber.

— É?

Respirei fundo e olhei para cima. Os grandes olhos azuis de Riley estavam me esperando.

— Felicity... bem... ela era minha noiva.

— Uau. Ok.

Foi a primeira vez que eu disse isso a alguém. Claro, as pessoas sabiam — pessoas daqui.

Mas ninguém de fora da minha antiga vida em Rochester sabia que fui noivo. E, sabe, isso tinha um gosto muito menos amargo hoje do que há apenas algumas semanas.

— Felicity e eu estávamos juntos desde o colégio. Ficamos noivos logo depois de nos formarmos na faculdade. Era o que ela queria. Ela falava sobre isso desde o segundo ano.

— Mas você não queria?

Dei de ombros.

— Eu não sabia o que queria. Meus pais foram namorados no Ensino Médio e se casaram aos vinte e dois anos. Os pais dela estavam juntos desde os quatorze anos e se casaram aos vinte e um. Eles dizem que Rochester é uma cidade de tamanho médio, mas parece que você vive em uma cidade pequena. Não sei se queria ou não naquela época, mas parecia o que eu deveria fazer. Todo mundo esperava isso.

Ela assentiu.

— Entendi. Às vezes, ficamos tão presos nas coisas em que estamos envolvidos que nos esquecemos de dar um passo para trás e ver o que realmente estamos fazendo.

— Exatamente. Enfim... acho que comecei a me afastar mentalmente para que, cada vez mais, meu tempo não a incluísse. Eu me inscrevi no programa espacial. Entrei para uma liga de golfe. Em todas as oportunidades que tinha, saía com os caras. Eu não estava procurando outras mulheres nem nada, mas também não estava prestando atenção na que eu tinha.

— Ok...

Balancei a cabeça.

— Felicity sempre passou muito tempo na minha casa. Ela vinha e saía com minha mãe ou meu irmão, se eu não estivesse em casa. E ela se aproximou de Bradley quando eu estava muito ocupado tentando estar em qualquer lugar que não fosse onde eu pertencia. Num fim de semana, fui jogar golfe em Saratoga com os caras. Um deles quebrou o tornozelo e acabei voltando mais cedo do que o esperado.

Os olhos de Riley brilharam.

— Ah, não.

— Nos últimos quatro anos, tenho colocado a culpa nos dois. Mas eles não foram os únicos errados. Consigo enxergar isso agora.

Riley olhou para baixo por um longo tempo. Comecei a me preocupar que talvez ela não pudesse me olhar nos olhos porque eu a decepcionei com o que fiz. Mas, quando ela olhou para mim, seus olhos estavam nadando de emoção.

— Nada, *absolutamente nada*, dá a alguém o direito de trair a pessoa com quem está se relacionando. Não me importo se você evitou seus telefonemas e passou *meses* longe de casa. Tudo o que ela precisava fazer era *dizer* que não queria mais ficar com você. Mas, em vez disso, ela escolheu o caminho covarde, mantendo você por perto enquanto testava as águas com Bradley. As pessoas mentem porque estão prestando muita atenção ao que *não* têm do que aquilo que *têm*. Existiam outras maneiras de chamar sua atenção, Kennedy. E nem me fale sobre o seu irmão. Que idiota.

Apenas a encarei. Parecia que estava prestes a sair fumaça dos seus ouvidos. Ela estava com tanta raiva — com raiva por mim. Se eu já não pensasse que ela era sexy pra caramba, ver suas narinas dilatadas em minha defesa com certeza o teria feito. Eu gostava da Riley ardente. Na verdade, eu estava muito excitado.

— Você fica incrivelmente sexy quando está chateada.

Ela, com certeza, não esperava que eu dissesse isso. Sua boca se abriu. Parecia um convite para mim. Então, antes que ela pudesse fechar aqueles lábios irritados, cheguei mais perto, segurei seu rosto e selei minha boca na dela.

Ela choramingou em minha boca, seguido por um gemido, e me agradou saber que ela queria isso tanto quanto eu, porque observá-la a noite toda tinha sido como preliminares.

Os lábios de Riley eram tão macios; sua boca, tão quente. Eu não queria nada mais do que ir para casa agora mesmo, para a casa vazia da minha mãe, e levá-la de volta para o meu quarto. *Foda-se essa recepçao.*

Riley recuou quando um grupo de pessoas invadiu nosso esconderijo. O cheiro de fumaça de cigarro logo preencheu o ar, e foi nossa deixa para sair.

— Deveríamos voltar — disse ela.

Relutantemente, concordei e a segui de volta para a área da recepção.

O buquê estava prestes a ser jogado quando entramos. Minha mãe viu Riley e arrastou-a para o meio da pista de dança, onde um grupo de outras mulheres solteiras se reunia. Riley deu de ombros e revirou os olhos enquanto olhava para mim, tentando levar na esportiva. Ela era tão fofa. Dei a ela um sinal de positivo.

Quando chegou a hora de jogar o buquê, Felicity – tentando ser engraçada, eu acho – se virou e apontou para Riley. Foi tão óbvio. Ela poderia muito bem ter entregado a ela. Não havia como Riley não ter pegado, a menos que ela, intencionalmente, tentasse errar. Todos aplaudiram mesmo assim quando Riley ergueu o buquê no ar.

Enquanto ela caminhava de volta para mim, fui arrastado pelo meu tio para o lançamento da liga – a versão masculina do lançamento do buquê. Eu sabia como era. O cara que pegasse teria que deslizar a liga pela perna da mulher que pegou o buquê: *Riley.* De jeito nenhum eu deixaria outro homem ter a oportunidade de colocar uma única mão nela.

Eu tinha uma função, apenas uma função, e não ia estragar tudo. Quando chegou a hora de meu irmão jogar a liga, pulei no ar, quase derrubando um velho que passava para pegá-la. Foi por pouco, mas, no fim, ninguém se machucou e a vitória foi minha.

O DJ orientou Riley a se sentar em uma cadeira que havia sido colocada no meio da pista de dança, então me chamou para me juntar a ela. Girei alegremente a liga em volta do dedo quando o DJ começou a tocar *Hot in Herre*, de Nelly. A multidão assobiava e gritava um monte de comentários sugestivos.

Ajoelhando-me na frente dela, lentamente, comecei a deslizar a liga pela sua perna, saboreando a sensação dos meus dedos na pele macia da sua coxa. Quando olhei para seu rosto sorridente, o buquê ainda em sua mão, a coisa mais inesperada aconteceu: eu surtei.

Não entendia, mas tinha passado da sobrecarga de felicidade para uma sensação de puro pânico. A música foi abafada pela voz dentro da minha cabeça.

Esta garota perdeu o namorado em um acidente. Ele morreu, porra. Ela não pode se dar ao luxo de se machucar novamente. É por isso que não tem um relacionamento há tanto tempo. E você é incapaz de ter relacionamentos — este casamento é a prova disso. Então, o que diabos está fazendo, Kennedy?

CAPÍTULO 11

RILEY

Virei e revirei na cama naquela noite. Essa liga deu azar.

Eu tinha me divertido muito com Kennedy, desde aquele beijo incrível lá fora até sentir suas mãos em mim enquanto ele deslizava a liga pela minha perna. Então, depois disso — estava literalmente acabado.

Algo mudou nele. Ele passou de brincalhão e paquerador para quieto e fechado. E durou o resto da noite. *Foi algo que eu disse?* Destruí meu cérebro e não consegui descobrir. E agora eu estava deitada em sua cama sozinha enquanto ele dormia no chão.

Depois de uma viagem tranquila de carro para casa após a recepção do casamento, Kennedy nem mesmo tentou dividir a cama comigo. O triste é que eu poderia ter deixado esta noite. Honestamente, poderia tê-lo deixado fazer muito mais do que apenas dormir ao meu lado. Minha atração por ele estava nas alturas. Antes que ele mudasse comigo, eu realmente estava começando a pensar que talvez estivesse, enfim, pronta para abrir meu coração para alguém.

Não qualquer alguém.

Ele.

Mas, assim que me dei conta disso, Kennedy se fechou, deixando-me duvidar de tudo novamente.

Quando acordei na manhã seguinte, Kennedy já tinha despertado. Seu cabelo estava desgrenhado quando ele se sentou ao pé da cama segurando uma caneca de café.

— Bom dia — ele disse sem emoção quando me notou esfregando os olhos.

Minha voz estava grogue.

— Bom dia.

— Trouxe um café para você não ter que sair e falar com alguém, mas agora está frio. — Ele se levantou. — Vou pegar um novo para você.

— Obrigada.

Sentei-me e observei enquanto ele saía do quarto. Por mais triste que eu estivesse, não pude deixar de notar como sua bunda parecia gostosa no jeans que ele vestiu.

Ele voltou alguns minutos depois e me entregou a caneca fumegante.

Seus olhos viajaram até meus seios, e percebi que estavam praticamente saindo da blusa. Bem, pelo menos ele ainda estava vivo nesse aspecto. No entanto, tudo o mais estava fora de ordem.

— A que horas é o seu voo? — ele perguntou.

— Às 16h. Preciso pegar a estrada logo para voltar para Albany. Quero me despedir da minha família antes de ir para o aeroporto.

— Faz sentido. — Ele inclinou a cabeça para trás para terminar seu café, em seguida, atravessou o quarto para a porta. — Vou sair para você poder se vestir. — Em seguida, ele se foi.

O velho Kennedy teria ficado por perto, talvez tentado dar uma olhada em mim enquanto eu me vestia. Isso apenas confirmou a suspeita de que algo em Kennedy havia mudado.

A decepção que eu estava sentindo era bem reveladora. *Uau*. Eu realmente *estava* me apaixonando por ele.

Depois que me vesti e fiz as malas, Kennedy bateu à porta. Era como se nunca tivéssemos nos beijado, nunca tivéssemos compartilhado uma cama. Parecia que havíamos dado um grande passo para trás.

— Entre.

— Posso fazer seu café da manhã antes de ir?

— Não. Só vou pegar algo no posto de gasolina no caminho.

— Tem certeza?

— Sim.

Ele não discutiu comigo.

Depois que me despedi da mãe de Kennedy na cozinha, ele me acompanhou até o carro.

Colocou minha mala no porta-malas e o fechou com um empurrão firme. Então colocou as mãos nos bolsos enquanto se virava para me encarar. Nenhum de nós parecia estar fazendo contato visual com facilidade.

— Sabe, minha pequena atuação na véspera de Natal foi uma solução rápida — disse ele. — Já pensou sobre o que vai dizer à sua mãe sobre a minha partida?

Bem, eu esperava que você não tivesse ido, mas agora vejo que não é para onde isso se encaminha.

— Não. Mas não vou abordar isso por enquanto. Espero que, quando tiver que lidar com o assunto, eu já tenha pensado em algo.

Ele balançou a cabeça lentamente e pigarreou.

— Obrigado novamente por ontem à noite... por estar ao meu lado. Você é uma mulher incrível. Espero que perceba isso.

Nada como receber elogios enquanto alguém está basicamente dizendo para você se mandar. Que merda.

Fiquei na ponta dos pés e dei um beijo casto em sua bochecha antes de entrar no carro e ir embora, sem saber se algum dia veria Kennedy Riley de novo.

Dois dias depois, estava de volta ao trabalho e, para quem olhava de fora, tudo parecia normal. A última semana parecera um sonho. Um sonho muito louco, impulsivo e sexy.

Na verdade, provavelmente teria sido mais fácil se o tempo que passei com Kennedy não tivesse sido real. Porque era difícil andar por aí todos os dias agora lembrando como era sua boca na minha, como seus lábios eram macios ou como seu corpo rígido se pressionava contra o meu quando dançávamos lentamente. Só de saber que cara doce ele era sob aquele exterior áspero, meu coração doeu.

Levei Liliana para almoçar comida chinesa para agradecer por cuidar da Irmã Mary Alice enquanto estive fora. Durante a refeição, contei sobre minha louca aventura no interior do estado. Depois que ela ergueu o queixo, começou a me incitar a falar com Kennedy e "dar o primeiro passo".

— Sério, Riley, o homem é lindo de morrer. Quem se importa com alguma noção romântica arcaica de que o homem deve dar o primeiro passo? Foda-se. — Ela espetou o canudo no gelo picado em seu copo. — Deixe-me perguntar: você gosta de estar por cima?

Pisquei algumas vezes.

— Por cima? Quer dizer na cama?

— Sim, por cima. Você sabe, entregando-se à sua cowgirl interior.

Era uma pergunta meio pessoal, mas eu confiava em Liliana, então respondi com sinceridade.

— Gosto muito. Tenho problemas para ter um orgasmo na posição de missionário.

Ela chupou o canudo até que o líquido acabou e fez um som alto e gorgolejante.

— Este era um copo grande de gelo com um pouco de refrigerante, não o contrário. Mas, de qualquer maneira... você precisa de um homem para invocar sua cowgirl, então pegue a porra do telefone e arrume um para você.

Eu ri. Pensei que ela iria transmitir alguma sabedoria sobre ser o novo milênio e como as mulheres se tornaram mais fortes na cama, então também deveríamos convidar os homens para encontros. Mas sua lógica estava certa, de qualquer maneira. Olhei-a seriamente.

— Nunca convidei um homem para sair.

— O que pode acontecer de pior? Ele dizer não. Você está agindo como se alguém tivesse chutado seu cachorro, então por que não tentar? Obviamente, você o quer.

Sorri.

— Vou pensar sobre isso.

— Podemos até fazer isso no viva-voz. Se você ficar com a língua presa, eu te ajudo.

De jeito nenhum. Mas apreciei a oferta. Mais ou menos.

— Obrigada, Lily.

No final da semana, eu ainda não tinha ouvido falar de Kennedy. Acho que uma parte de mim tinha esperança de que talvez ele sentisse minha falta e ligasse. Ele certamente sabia como me encontrar. Sentei-me à mesa quase às cinco da tarde na sexta-feira, sem pressa de voltar para casa. O resto do escritório já estava correndo para ir embora, mas decidi vasculhar minha caixa de entrada e encontrar os e-mails que começaram toda essa confusão. Lendo a sequência de mensagens, me toquei de uma coisa.

Foi o conselho daquela colunista — ou pelo menos da mulher que respondeu por *Pergunte a Ida*.

Ela escreveu:

> Cara Chata,
>
> Parece-me que seu problema não é a carta de Natal da sua mãe, embora eu também ache essas cartas desagradáveis. Acho que, se você se aprofundar um pouco mais, descobrirá que a origem do seu problema é, na verdade, sua própria vida — e o fato de não ter uma. Às vezes, coisas difíceis precisam ser ditas, e nossos amigos e familiares são educados demais para dizê-las. É para isso que estou aqui e, se você for sincera consigo mesma, talvez seja esse o verdadeiro motivo pelo qual me escreveu… então, aqui vai o meu conselho:
>
> Saia e viva um pouco. Dê à sua mãe algo sobre o que escrever. A vida é muito curta para ser tão sem graça.

Deus, aquele e-mail me irritou muito quando o recebi. Mas agora eu percebia que era porque ela acertou na mosca. *Eu não tenho vida.*

Suspirei. Alguém mais durão teria feito algo para mudar isso. Mas, em vez disso, desliguei meu laptop e vesti meu casaco.

Quatro horas depois, em casa, ainda não conseguia parar de pensar nos e-mails. Tinha me enchido de pizza e bebido algumas taças de vinho quando tive a brilhante ideia de escrever para a colunista novamente. Se ela esteve certa uma vez, talvez pudesse me dizer como lidar com a situação com Kennedy agora. Então, peguei meu laptop e decidi tomar cuidado desta vez e escrever para ela do meu e-mail pessoal. A última coisa de que eu precisava era outra confusão com os meus e-mails e os de Kennedy.

Cara Soraya,

Escrevi para você há algumas semanas sobre a carta de Natal da minha mãe. Lembra-se de mim?

Você me chamou de chata e inadvertidamente enviou seu conselho a um colega de trabalho que tem o mesmo nome e sobrenome que o meu, só que ao contrário. Bem, acho que devo começar me desculpando. Fiquei muito chateada quando recebi sua resposta. Você basicamente me disse para arranjar uma vida e enviou a resposta para um colega de trabalho idiota, que felizmente a encaminhou para mim... junto com sua opinião não solicitada. De qualquer forma, fiquei chateada e respondi de forma bem dura. Por isso, me desculpe.

Embora seu conselho fosse difícil de ouvir, na semana passada, percebi que você estava certa. Acho que talvez tenha demorado alguns dias realmente tendo uma vida para me fazer perceber que eu não estava vivendo. O que me leva ao motivo de estar escrevendo hoje. Sabe o cara idiota para quem você mandou minha carta?

Bem, ele acabou não sendo tão irritante. Na verdade, ele é incrível. Passamos alguns dias maravilhosos juntos e as coisas estavam indo muito bem. Até que não estavam. E agora não tenho certeza de como lidar com isso.

Realmente gosto dele e quero explorar o que parecia que tínhamos. Às vezes, eu tinha certeza de que ele se sentia da mesma forma. Mas então, quando as coisas começaram a progredir, ele se afastou. Sabe, alguém o magoou muito. Então, meu problema é: não tenho certeza se ele está apenas com medo de ter o coração partido de novo, ou se talvez realmente não gostasse de mim do jeito que eu pensava.

Vou te contar um segredinho, Soraya... Sou um pouco antiquada. Acho que, no fundo, ainda espero que o Príncipe Encantado monte em seu cavalo branco e me leve embora como uma donzela idiota em perigo. Provavelmente, é por isso que estou com um pouco de medo de ir atrás do primeiro homem que fez meu coração disparar em anos. Então, preciso que me diga a verdade... devo arriscar e convidá-lo para sair ou devo seguir em frente porque ele realmente não gosta de mim, afinal?

Ass: Não quero ser mais chata

CAPÍTULO 12

KENNEDY

Ultimamente, tentar manter meu foco no trabalho estava uma merda. Aquele manuscrito não iria se editar sozinho. No entanto, por mais que eu tentasse, não conseguia parar de pensar na Riley — no jeito que ela gemeu na minha boca quando nos beijamos, na maciez da sua pele quando eu estava massageando suas costas. *Como ela parecia feliz quando olhou para mim daquela cadeira no meio da pista de dança — um momento antes de eu entrar em pânico.* Foi como se meu cérebro fosse abduzido. Nosso tempo juntos tinha sido incrível antes disso. E agora, quanto mais eu tentava bloquear os pensamentos de Riley na minha mente, mais eu pensava nela. Foi confuso.

— Riley!

Meu estômago embrulhou porque pensei que alguém estava chamando seu nome. Mas era meu colega de trabalho, Alexander, se aproximando do meu escritório.

Cada vez que alguém se referia a mim pelo meu sobrenome, era chocante. Minha cabeça se virava na direção do som porque me convencia de que ela havia entrado na sala. Não estava totalmente fora da realidade, visto que trabalhávamos para diferentes ramos da mesma empresa.

Girando minha cadeira, eu disse:

— O que foi? — A adrenalina ainda estava bombeando através de mim ao ouvir esse nome.

— Estamos saindo para almoçar. Quer ir junto?

— Não. Vou comer na minha mesa. Obrigado.

Tradução: *Não estou com vontade de falar com ninguém e prefiro sentar aqui e lamentar o fato de ter agido como um covarde e afugentado a melhor coisa que já me aconteceu.*

— Você está bem? Parece um pouco estranho.

— Estou bem — rebati.

Ele encolheu os ombros.

— Como quiser. Te vejo mais tarde, cara.

Quando ele se afastou, bati minha caneta em frustração enquanto continuava a ruminar se eu tinha feito a coisa certa ao afastá-la. Realmente senti que tinha feito um favor a ela. Mas isso não me impedia de sentir sua falta. Ou de querer entrar em contato, o que teria sido uma decisão egoísta, considerando o quanto sou terrível nos relacionamentos. Riley era o tipo de garota com quem você não fica brincando. Ainda assim, sequer um dia se passou sem que eu tivesse que me impedir de mandar uma mensagem perguntando como ela estava. Mas, cada vez que eu pegava suas informações de contato, rejeitava a ideia, dizendo a mim mesmo que era melhor manter as coisas do jeito que estavam.

Mais para o fim da tarde, eu estava quase encerrando o dia quando vi um e-mail aparecer na minha caixa de entrada. Reconheci o nome. Era daquela conselheira para quem Riley costumava enviar e-mail. *Merda*. Que diabos? Ela ainda estava escrevendo para aquela coluna? Isso significava que estava chateada ou triste com alguma coisa. Mas, mais do que isso, por que diabos ainda estavam enviando as respostas para o e-mail errado? Excelente. Eu seria forçado a interagir com ela para encaminhar a mensagem. Ou talvez, desta vez, apenas informasse — de forma não tão educada — que enviaram para a pessoa errada novamente e deixaria que resolvessem.

Então, ignorei por um tempo, por duas xícaras de café, uma teleconferência e três capítulos de um manuscrito que estava editando.

Finalmente, me afastei da mesa e puxei o cabelo com as duas mãos. *Foda-se*. A curiosidade me venceu e, sim, cliquei no e-mail. Logo descobri que o destinatário pretendido não era Riley — era *eu*.

Caro Tolo,

Em primeiro lugar, deixe-me começar dizendo que meu emprego estaria em jogo se Ida soubesse dessa quebra de sigilo. Mas, visto que você é o único motivo para eu ter que escrever esta resposta por e-mail, em primeiro lugar, já sabe do que se trata — o que você fez.

Ou o que não fez. Escolha. O que quero dizer é que nada disso será novidade para você.

É uma vergonha. Essa realmente poderia ter sido uma história muito fofa. Duas pessoas se conheceram porque seus e-mails se misturaram, elas se apaixonaram — blá, blá, blá. As coisas estavam indo muito bem com ela até que você estragou tudo. Sério? Por que os homens sempre têm que arruinar uma coisa boa com seu comportamento idiota?

Felizmente, ela é inteligente o suficiente para suspeitar que talvez o fato de você ter dado um vácuo nela tenha a ver com seu medo de se machucar. Estou orgulhosa daquela garota insegura por não se apressar em se culpar. Ela está crescendo. O que é mais do que posso dizer sobre você.

E se o que ela suspeita for verdade — que você tem medo de se machucar —, eu te digo: tenha colhões!

Ela está esperando uma resposta minha. Quero que você saiba que minha resposta será: "Siga em frente".

É isso aí. Ela me escreveu novamente e me perguntou se deveria entrar em contato com você, e estou totalmente preparada para dizer a ela: "Claro que não". Ela não deveria ter que correr atrás quando foi VOCÊ quem estragou tudo.

Então, o negócio é o seguinte, Kennedy Riley ou qualquer que seja o seu nome, clicarei em "enviar" nessa resposta para ela em uma semana. Você tem todo esse tempo para encontrar um cavalo branco, fazer sua entrada triunfal e pegar a garota. Ah, e me mande uma foto. Também não estou brincando. Caso contrário, vou dizer a ela para te esquecer, seu idiota arrependido. Em seguida, vou sugerir que ela agarre o próximo homem que fizer contato visual com ela. O que vai ser?

Seja homem, Kennedy. Você sabe o que fazer.

Apresse-se!

Soraya Morgan

(Lembre-se, fotos ou não aconteceu. Meu dedo está pronto para clicar em "enviar")

Que caralho foi isso? Minha mente estava acelerada. Era muita coisa para processar. Mas minha primeira pergunta foi: *Cavalo?* Do que ela está falando?

Mesmo que eu me sentisse mal por olhar o e-mail de Riley para *Pergunte a Ida*, vendo que aparentemente tinha a ver comigo, eu precisava lê-lo. Meus olhos rolaram mais para baixo na página para verificar a mensagem encaminhada de Riley que Soraya tão gentilmente incluiu.

Eu havia repassado as palavras de Riley inúmeras vezes. Sabia que tinha estragado tudo, mas ouvir de outra pessoa tornava impossível negar. Riley estava por aí acreditando que eu não gostava muito dela, quando ela era tudo em que eu conseguia pensar.

Fiz seu coração disparar? Bem, merda. Não sabia se deveria me dar um tapinha nas costas ou me chutar por estragar uma coisa boa.

Além da minha confusão e, sim, culpa, agora eu estava sendo ameaçado por uma colunista de conselhos sem rosto determinada a levar Riley em uma direção questionável se eu não fizesse nada. Riley realmente ouvia o que essa maluca dizia. E se Riley fizesse algo precipitado, se ela se expusesse de uma forma que não fosse responsável, se ela se entregasse a um cara que nunca apreciaria de verdade a mulher que ela era... só para me irritar?

Agora eu não estava apenas em conflito — eu estava com um ciúme do caralho.

Passei todo o fim de semana sem saber como consertar o que tão regiamente baguncei. Não atendi meu telefone, tomei banho nem saí de casa.

Domingo à tarde, minha mãe me disse que tinha me enviado um e-mail que achou que eu gostaria. Embora eu duvidasse seriamente que algo pudesse me fazer sentir melhor, peguei meu laptop e entrei na minha conta de e-mail. Depois de meia dúzia de anúncios com spam, estava o e-mail dela, com um anexo. Cliquei. Sua mensagem dizia:

> Antes de seu pai e eu nos casarmos, ele me disse que sabia que eu o amava muito antes de eu dizer essas palavras em voz alta. Disse que eu tinha "o olhar do amor". Sempre achei que ele era louco. Até eu assistir a esta filmagem que

o cinegrafista fez na recepção do casamento. Afinal, seu pai estava certo. Às vezes, a pessoa apaixonada é a última a saber que já está assim.

Clicando no anexo, afundei no sofá quando uma cena do casamento do meu irmão e Felicity começou a aparecer na tela. A câmera fez uma panorâmica pelo salão e, em seguida, focou em mamãe e Riley animando uma à outra na pista de dança.

Riley colocou as mãos nos quadris e girou em um pequeno rebolado que me fez inclinar para olhar mais de perto. Minha mãe assistiu e tentou replicar o movimento, só que os quadris da minha mãe não se moviam como os de Riley — graças a Deus por isso. As duas começaram a rir e se abraçaram enquanto se curvavam em um ataque de riso, ao mesmo tempo tentando acompanhar a dança com os outros. Elas se chocaram contra algumas pessoas, e isso só as fez rir mais. Foi engraçado e mostrou muito da verdadeira personalidade de Riley. Eu tinha um sorriso no rosto enquanto assistia – o primeiro em dias. Mas não tinha certeza de como a filmagem das duas dançando se relacionava com a mensagem enigmática da minha mãe.

Então a câmera virou. Ela examinou o salão e parou quando pousou em mim.

Eu não tinha ideia de que alguém estava prestando atenção em mim – muito menos registrando o momento.

A câmera deu um zoom e me vi observando Riley. Aparentemente, eu estava tão extasiado com ela quanto o câmera estava comigo. Com os olhos arregalados e as pupilas dilatadas, eu olhava para a pista de dança. Meus lábios estavam separados e, a cada poucos segundos, um pequeno sorriso puxava os cantos. Segui cada movimento dela como se ela fosse a única pessoa no ambiente. Inferno, parecia que eu não tinha ideia de que existia mais alguém no *universo*. Por fim, a música acabou assim como o vídeo que mamãe mandou.

Suspirei e pensei sobre a última frase de sua mensagem.

Às vezes, a pessoa apaixonada é a última a saber que já está assim.

Eu não amo a Riley... amo?

Eu nem a conhecia há muito tempo. E tinha certeza de que ela não me suportava pelo menos metade do tempo que passamos juntos.

Mas...

Eu não conseguia comer.

Eu não conseguia dormir.

Eu não conseguia pensar em nada além dela.

Sem mencionar que meu coração disparava cada vez que um e-mail chegava no trabalho — eu pensava que talvez, apenas talvez, pudesse ser dela.

Começando a suar, passei a mão trêmula pelo cabelo e soltei uma respiração.

Não fazia sentido.

Eu não poderia amá-la depois de conhecê-la por tão pouco tempo. Poderia?

Devia haver mais alguma coisa acontecendo comigo.

Me senti quente, como se estivesse com febre. E um pouco tonto, enquanto considerava todas as outras possibilidades. Por fim, decidi pela resposta que parecia fazer mais sentido — aquela que eu poderia aceitar.

Eu devia estar doente.

Aventurei-me fora de casa tempo suficiente para estocar antigripais, vitaminas C, D e E, além de um multivitamínico e alguns antiácidos. Algo tinha que aliviar a maneira como eu estava me sentindo, aliviar a dor no meu peito.

— Não está se sentindo bem, hein? — o cara de jaleco branco da farmácia comentou enquanto me atendia.

— Não. Deve ser virose ou algo assim.

Ele assentiu.

— Está tendo surto.

Eu sabia!

Seus olhos foram para a janela de vidro à nossa esquerda.

— Melhor se agasalhar. As rajadas de vento acabaram de começar.

Parecia que alguém tinha sacudido um globo de neve enquanto eu estava lá dentro. Paguei e enfiei a sacola plástica dentro do meu casaco de lã, antes de abotoar e puxar a gola para cobrir o pescoço. Mesmo que estivesse nevando, eu ainda não estava pronto para ir para casa. Já estava encarcerado há um dia e meio, então comecei a andar.

Uma hora depois, meu casaco azul-marinho estava quase totalmente branco com uma camada de neve. Tinha ido parar a poucos quarteirões de onde Riley disse que morava. Não tinha intenção de passar por ali, mas comecei a andar em direção ao apartamento dela mesmo assim. Quando cheguei do outro lado da rua do prédio, percebi que nem sabia qual era seu apartamento. Ela poderia morar no primeiro ou no décimo segundo andar, pelo que eu sabia. Comecei a examinar cada uma das janelas de cada apartamento.

Alguns tinham luzes de Natal na moldura da janela; um tinha um menorá. Alguns Scrooges não tinham nada e apenas mantinham as cortinas fechadas. Mas um apartamento do lado esquerdo do terceiro andar chamou minha atenção. Parecia que alguém tinha vomitado o Natal nele. Havia luzes piscando no canto da janela, uma árvore de Natal pequena estava no centro de uma mesa decorada e uma guirlanda pendurada do lado de fora abaixo do peitoril.

Sorri, certo de que era o apartamento dela, por algum motivo. Ela reclamou sobre sua mãe exagerada, mas seria bem típico dela encontrar sua própria maneira de honrar o amor do pai pelo Natal fazendo exatamente a mesma coisa. Aposto que ela nem percebeu que estava fazendo isso.

Fiquei parado do outro lado da rua olhando para aquela janela por um tempo, apreciando a vista e a possibilidade de ela estar lá dentro. Eventualmente, balancei a cabeça, rindo baixinho de mim mesmo. Era hora de ir. Realmente não queria que Riley olhasse para fora e me visse. Ela acharia que eu a estava perseguindo. Embora fosse, ao que parecia, exatamente o que eu estava fazendo, mas não queria que *ela* pensasse isso.

No entanto, eu ainda não conseguia me obrigar a ir. Então, em vez disso, fui até um café na esquina, a alguns prédios de distância do de Riley. Sacudindo o máximo de neve que pude, entrei e pedi uma mesa ao lado da janela. Meus dedos provavelmente estavam começando a ficar congelados, então fazia sentido me aquecer antes de começar a longa viagem para casa. Afinal, eu já estava doente — não tinha como piorar.

Pedi um cappuccino e me sentei em uma cadeira que me dava uma visão direta do prédio de Riley. *Vou só me aquecer e depois vou embora*. Eu realmente não a estava perseguindo.

No entanto, uma hora e meia e mais dois cappuccinos depois, eu ainda estava olhando para o prédio dela. Mas nada aconteceu. Minhas mãos e meu rosto aqueceram, e algumas pessoas entraram e saíram do seu prédio, mas sem sinal de Riley.

Isso é ridículo.

Suspirei e acenei para a garçonete para pagar a conta. Ela merecia uma gorjeta decente, já que eu ocupara a mesa por tanto tempo. Então, peguei algumas notas na carteira e as joguei na mesa, antes de me levantar para vestir o casaco. Dei uma última olhada no prédio de Riley e, assim que o fiz, a janela que pensei que poderia ser dela escureceu.

Congelei. Talvez ela estivesse indo para a cama mais cedo.

Ou talvez aquele não fosse mesmo o seu apartamento.

Ou talvez ela estivesse saindo... e seguindo em frente.

Esperei alguns minutos e nada mais aconteceu, então dei de ombros e decidi finalmente voltar para casa.

Mas, quando abri a porta da cafeteria, congelei no meio do caminho. Riley estava saindo do prédio.

E não estava sozinha.

CAPÍTULO 13

RILEY

Fazia três dias desde o meu encontro com Trevor, um cara legal que morava no meu prédio. Ele me convidou para sair várias vezes no ano anterior, e eu sempre dava uma desculpa para recusar. Mas, depois de desabafar minhas frustrações naquele e-mail para *Pergunte a Ida*, decidi resolver o problema por conta própria e finalmente concordei.

Tínhamos nos divertido, mas eu estaria mentindo se dissesse que não pensei em Kennedy o tempo todo em que estive no Serendipity 3 com Trevor. E odiei perceber, mas era isso. Basicamente, Trevor era doce e tinha tudo a seu favor, exceto uma coisa — ele não era Kennedy Riley.

Eu não tinha recebido uma resposta de *Pergunte a Ida* e não tinha certeza se algum dia receberia. Depois da minha resposta rude ao conselho anterior, ela provavelmente cansou de mim. Esperava secretamente que Soraya lesse meu e-mail e tentasse me convencer de que entrar em contato com Kennedy era a coisa certa a fazer. Mas, sozinha, simplesmente não tive coragem de ir atrás dele. Por que eu ainda estava presa a um homem que aparentemente não estava interessado em ficar comigo? Se ele estivesse, já teria ligado, certo?

O telefone tocou, tirando-me dos pensamentos. Claro, meu coração disparou com a possibilidade de que pudesse ser Kennedy.

Olhei para a tela. Era minha mãe.

A descarga de adrenalina diminuiu enquanto eu atendia.

— Oi, mãe.

— Oi, querida. Só estou checando. Você está bem?

Soltando um suspiro no telefone, encarei o reflexo das luzes de Natal na minha janela.

Quando não respondi de imediato, ela percebeu que algo estava errado.

— Ah, não. Aconteceu alguma coisa com Kennedy?

Excelente.

Eu não queria ter que tentar descobrir tão cedo como explicar a saída de Kennedy da minha vida. Não conseguia mais enganá-la. Então, em vez de inventar uma mentira, decidi contar a verdade.

— Mãe... eu menti para você, e sinto muito — soltei.

— O quê? Do que está falando?

— Kennedy não era meu namorado de verdade.

— O quê?! Como isso é possível? Vocês dois pareciam tão apaixonados.

— Eu sei. As aparências enganam, não é? — Suspirei. — Menti sobre a coisa toda.

— Por que precisou mentir sobre isso?

— Porque eu queria dar a você algo novo e empolgante sobre mim para se orgulhar. Todos os anos, em sua carta de Natal, sou a única filha que não tinha nada de empolgante para relatar. Estava cansada de me sentir inadequada e percebi que, se pudesse parecer que eu estava com alguém sobre o qual valesse a pena escrever... você finalmente ficaria orgulhosa, mesmo que não fosse real.

Minha mãe ficou em silêncio. Então ela falou:

— Nem sei o que dizer. Nunca imaginei que minhas cartas fizessem você se sentir inadequada. Essa nunca foi minha intenção.

— Eu sei. E, na verdade... isso nem me incomoda mais. A coisa toda parece boba agora. Só estou contando meu raciocínio naquele momento.

— Então, se ele não é seu namorado, quem é ele?

Boa pergunta.

— Ele é um amigo do trabalho. Ou melhor, trabalhamos em departamentos diferentes da mesma empresa. Ele inventou tudo sobre o programa espacial. Bem, na verdade, isso não era uma completa mentira. Ele se inscreveu no passado e entrou. Por isso sabia tanto sobre o assunto. Mas, atualmente, ele trabalha na Star Publishing junto comigo. Mas não o culpe por mentir. Ele estava fazendo isso como um favor para mim. Foi totalmente minha culpa.

Era interessante que, apesar de tudo, eu ainda queria protegê-lo.

— Nossa, você com certeza me enganou. — Sua próxima pergunta me surpreendeu. — Então... por que não está com ele de verdade? Além do fato de que ele mentiu por você, ainda parece um partidão. Vocês dois tiveram uma química incrível. Não se pode fingir isso, Riley.

— É complicado, mãe. Mas, no final da minha viagem para visitar a família dele, eu realmente *tinha* começado a me apaixonar por ele.

Ela riu.

— Bem, isso não é irônico?

Sim.

— Enfim. Realmente sinto muito por mentir.

— Bem, acho que todos nós nos apaixonamos um pouco por ele. Por favor, não faça algo assim de novo, Riley. Não só porque não é bom mentir, mas porque realmente não há necessidade de fazê-lo. Eu te amo do jeito que você é, mesmo que eu exagere na carta todos os anos. Nunca percebi que isso te incomodava tanto. Sabe que, desde que seu pai morreu, tenho procurado maneiras de me distrair, me desafiando a fazer decorações de Natal maiores e melhores a cada ano, tentando fazer parecer que tudo está indo tão bem por meio dessas cartas. A verdade é que, no fundo — disse ela, com a voz trêmula —, estou realmente muito triste. Faço o melhor que posso, mas ficar sem seu pai é mais difícil do que jamais imaginei.

— Sinto muito, mãe. Eu sei.

— Acho que me convenci de que, se os outros acreditam que minha vida é maravilhosa, então, eventualmente, vou acreditar. Não é o melhor exemplo para dar aos meus filhos, eu sei. Mas, Riley, seja sempre honesta comigo, mesmo se eu aparentemente não merecer às vezes. — Ela suspirou. — Agora me conte mais sobre esse Kennedy. Você não me respondeu. Por que *não* podem ficar juntos?

— É uma longa história, mas o ponto principal é que a ex-namorada de Kennedy acabou se casando com o irmão dele.

Ela engasgou.

— Bem, que terrível! Espere, foi o casamento que vocês foram juntos?

— Sim. E então... ele desconfia das mulheres e teme se machucar, embora eu não possa ter cem por cento de certeza de que é por isso que ele não entrou em contato comigo. Ele pode só não estar a fim de mim.

De repente, ouvi algo bater na minha janela. Algo pequeno. Parecia uma pedra contra o vidro. Sentindo problemas em potencial, a Irmã Mary Alice começou a latir e correu para a janela.

— Espere um pouco, mãe.

Quando espiei pela janela, vi a última coisa que esperava: um homem montado em um lindo cavalo branco. Inclinei-me, semicerrando os olhos para tentar ver quem era. Um segundo depois, meus olhos se arregalaram e eu pulei para trás com um suspiro. O celular escorregou da minha mão e caiu no chão. Eu podia ouvir a voz abafada de minha mãe à distância, mas só conseguia me concentrar em algumas coisas por vez.

E não era todo dia que o homem dos seus sonhos aparecia em um cavalo branco.

Abri a janela, sem me importar com o ar frio que estava deixando entrar no apartamento.

— Kennedy? O que você pensa que está fazendo?

Ele parecia estar lutando para controlar o animal. O cavalo ergueu-se nas patas traseiras enquanto Kennedy tentava não cair. Ele relinchou alto e continuou a empinar e mover as patas, inquieto.

Kennedy estava lutando para segurar as rédeas, mas conseguiu gritar:

— Você pode descer um minuto, Riley?

Ainda em choque, abaixei-me e peguei o telefone que deixei cair.

— Riley? Está tudo bem? — mamãe perguntou freneticamente. — Ouvi um estrondo. O que está acontecendo? Você está bem?

Atordoada, corri em direção à porta do apartamento, mas vi a Irmã Mary Alice olhando para a janela aberta. Eu a coloquei em segurança no meu quarto e fechei a porta. Então corri para a porta e, sem fôlego, expliquei enquanto fechava e corria para a escada.

— Eu... äh... deixei cair meu celular, mãe. Ouça... na verdade, Kennedy, falando do diabo, ele está aqui... em um cavalo.

Isso chamou sua atenção.

— Você disse que ele está em um cavalo?

Não pude deixar de rir.

— Sim. Um cavalo branco.

— Não entendi.

— Nem eu, mãe. Nem eu.

— Bem, desça e veja o que ele quer. E faça o que fizer, mas NÃO desligue. Tenho que ouvir isso.

Agora de pé na calçada do lado de fora do meu prédio, eu o encarei, com os olhos arregalados e totalmente apaixonada.

Kennedy estava sem fôlego enquanto o cavalo empinava inquieto na rua entre dois carros estacionados.

— Cheguei tarde demais?

— O que você quer dizer?

— Ela respondeu seu e-mail?

— Quem?

— Ida... Soraya... quem quer que ela seja.

Soraya? Como ele soube que eu escrevi para ela de novo?

— Não. Ela nunca me respondeu. Como você...

— Eu vi você com aquele cara, e presumi...

— Que cara?

— Você estava saindo do seu apartamento com ele outra noite.

— Ah, sim. Ele não era ninguém. Apenas um encontro inocente. — Balancei a cabeça. — Espere... Kennedy, você estava me perseguindo?

— Não. Eu estava tomando café do outro lado da rua. — Ele continuou a lutar para manter o cavalo afastado. — Enfim... cheguei tarde demais?

Mesmo que eu não tivesse ideia de como ele descobriu que eu havia escrito para Soraya, realmente não me importei.

Estava tão feliz em vê-lo.

Quando olhei em seus olhos, o que vi lá trouxe lágrimas aos meus. O ar gelado saiu da minha boca enquanto balancei a cabeça freneticamente e sufoquei as palavras que ele queria ouvir.

— Você não está muito atrasado.

— Riley, eu...

Antes que ele pudesse continuar a frase, os latidos estridentes da Irmã Mary Alice o interromperam. Nós dois olhamos para cima e vimos seu nariz pressionado na janela do meu quarto.

O cavalo de Kennedy se assustou e começou a ficar um pouco furioso, quase derrubando-o.

Em vez disso, parou abruptamente e começou a fazer cocô em toda a rua. Em seguida, ele galopou rua abaixo – com Kennedy ainda se segurando.

Assisti em choque quando ele gritou para mim à distância.

— Me espere, Riley! Eu já volto!

Quase tinha esquecido que ainda estava segurando o celular. Ouvi ao longe a voz abafada da minha mãe.

— O que, em nome de Deus, está acontecendo, Riley?

Coloquei o celular no ouvido.

— Não tenho ideia, mãe. Kennedy acabou de aparecer em um cavalo branco. Não tive chance de perguntar muito a ele porque a Irmã Mary Alice começou a latir na janela do quarto. Ela assustou o cavalo, e ele fez cocô na rua. Em seguida, disparou com Kennedy se segurando para salvar sua vida!

— Meu Deus do céu — mamãe deixou escapar antes de perder completamente a compostura.

Balancei a cabeça e sorri enquanto ela ria alto.

— Acho que era para ser algum tipo de gesto romântico. Mas...

— Bem, certamente deu errado. Mas ainda é muito romântico, na minha opinião. Onde ele está agora?

A pergunta me pegou desprevenida, e meu coração trovejou no peito.

— Não sei! E se ele se machucar? Eu deveria chamar a polícia?

Eu estava prestes a fazer exatamente isso quando vi Kennedy correndo em minha direção. O cavalo não estava à vista.

— Mãe, te ligo de volta depois. — Encerrei a ligação e coloquei o celular no bolso antes que ela pudesse responder.

Ele estava totalmente sem fôlego quando enfim me alcançou.

— Você está bem? — perguntei, ainda sem saber exatamente como agir.

Apoiando as mãos nas coxas, ele prendeu a respiração antes de assentir.

— Sim.

— O que aconteceu com o cavalo?

— Eu o devolvi. O proprietário estava me esperando no parque, caso algo desse errado. Só não esperava que *isso* acontecesse tão cedo.

— Bem, foi um esforço valente. E um gesto muito doce. Mas por quê?

— Você disse a Soraya que, no fundo, era isso que queria. O Príncipe Encantado montado em um cavalo branco que te levaria embora. Acertei a parte do cavalo. — Ele franziu a testa. — Mas só isso.

Levei alguns segundos para perceber de onde ele tirara isso.

— Mencionei isso em meu e-mail mais recente para *Pergunte a Ida*. Sem querer, ela enviou a resposta para você *de novo*?

Isso explicaria por que eu nunca tive notícias dela.

Ele se endireitou, mas ainda estava lutando para respirar.

— Na verdade, não — ele engasgou —, Soraya enviou seu e-mail para mim, mas de propósito desta vez. Disse-me que eu tinha estragado tudo e que precisava correr atrás e consertar. E que, se eu não encontrasse um cavalo e aparecesse aqui, ela iria te escrever dizendo para você me esquecer e procurar outra pessoa. Eu não poderia deixar isso acontecer. A verdade é que... eu estava precisando de um bom empurrão já há um tempo, e foi isso. Mas, Riley, era apenas questão de tempo, de qualquer maneira, mesmo que ela não tivesse me dado o ultimato. Porque eu simplesmente não conseguia parar de pensar em você.

Comecei a chorar.

— Senti tanto sua falta.

Ele fechou os olhos.

— Graças a Deus. — Então ele os abriu e deu um passo em minha direção. — Me desculpe, eu fui um idiota. Nem sei como explicar o que aconteceu. Estava começando a gostar muito de você e fiquei um pouco assustado. — Ele segurou minhas bochechas. — Quando você estava falando tão apaixonadamente naquela noite do casamento sobre como ninguém tem o direito de trair alguém, eu simplesmente sabia que você era a mulher certa para mim, que eu poderia confiar em você, que você seria meu tudo. Mas me assustou muito ao mesmo tempo. Porém, nos dias em que estivemos separados, fiquei infeliz. E percebi que tenho mais medo de *não* arriscar com você.

Naquele momento, tudo fez sentido: todas as coisas que tinham acontecido até agora na minha vida, os dias em que tudo parecia sem sentido e não "digno da carta" foram necessários para me levar até ali, àquele ponto, com aquele homem. Um homem que eu estava destinada a conhecer.

Ele me puxou para perto. Envolvendo meus braços em torno dele, não perdi tempo e pressionei os lábios nos dele. Ele gemeu na minha boca, e o som era uma mistura de alívio e vitória ao mesmo tempo. No segundo que ele começou a girar a língua dentro da minha boca e o provei, eu sabia que não haveria como me conter. Naquela noite, nós finalmente nos acertaríamos.

Apesar do tempo frio, quase derreti quando ele falou nos meus lábios:

— Riley, sei que a maneira como nos conhecemos parecia uma série de erros, mas não posso evitar, sinto que estava longe disso, que, de alguma forma, fomos feitos um para o outro. Nunca me senti mais feliz do que quando estou com você.

Ele disse em voz alta exatamente o que eu estava pensando.

— Eu também. Cometemos erros ao longo do caminho. Mas, Kennedy, você foi o melhor erro que já aconteceu comigo.

Podia não haver nenhum cavalo branco à vista, mas, quando Kennedy me ergueu e me carregou escada acima, parecia algo que o Príncipe Encantado faria.

EPÍLOGO

RILEY

Kennedy acariciou meu pescoço enquanto estávamos deitados juntos. Era uma típica manhã preguiçosa de sábado. Gostávamos de tomar café da manhã na cama nos fins de semana e apenas relaxar por horas após uma longa semana de trabalho.

Eu não podia acreditar que já fazia quase um ano desde que fomos morar juntos.

Tecnicamente, começamos a morar oficialmente juntos alguns meses depois que ele apareceu na minha porta naquela noite no cavalo. Na verdade, ele nunca me deixou depois daquele dia. Um de nós sempre passava a noite na casa do outro desde o início. Eventualmente, percebemos que estávamos apenas desperdiçando dinheiro mantendo os dois apartamentos, então Kennedy optou por sair do dele para que eu pudesse ficar mais perto do trabalho. Esse era o tipo de homem que eu tinha — aquele que sempre me colocava em primeiro lugar. Aquele que sempre me deixava ficar por cima — do jeito que eu gosto.

Kennedy, de repente, se levantou da cama e o ar frio substituiu o calor do seu corpo.

Admirei suas costas musculosas e bunda totalmente perfeita

quando ele colocou um jeans e caminhou até a mesa. Ele pegou a pilha de correspondência que trouxe depois que saiu para pegar nossos cafés mais cedo.

Voltando para a cama, folheou a pilha de contas e propagandas e parou em um grande envelope vermelho que parecia um cartão de Natal. Ele o ergueu e deu um sorriso malicioso.

— Ah, cara. É da sua mãe.

Eu me encolhi.

— Que ótimo.

— Esta é a temida carta?

Balancei a cabeça.

— Está na época, eu acho, mas não sei.

— Achei que você tivesse dito que ela aprendeu a lição depois do ano passado, e que não ia mais enviar a carta de Natal.

— Sim, foi o que ela disse. Talvez seja apenas um cartão?

— Bem, abra e descubra.

Rasgando-o, temi o que poderia estar lá dentro. Em vez de uma carta de Natal no papel grosso que minha mãe costumava usar, dentro do envelope havia uma página dobrada de um jornal.

Desdobrei e vi que era uma coluna *Pergunte a Ida*. Uma que eu não vira. Não tenho prestado tanta atenção à coluna de conselhos ultimamente, por um motivo feliz.

> Cara Ida,
>
> Estou com um problema e espero que você possa me ajudar. Minha adorável filha Riley me informou que minha carta anual de Natal é um pouco desagradável e egoísta. Veja, eu gosto de

me gabar dos meus filhos, mas agora percebo que gabar-se dessa forma pode ser interpretado por alguns como de mau gosto. Portanto, optei por não enviar uma carta para a família e amigos este ano e, em vez disso, vou apenas fazer os cartões de Natal tradicionais. Então, infelizmente, não poderei contar a todos que Kyle mais uma vez renunciou ao Natal nos Estados Unidos para ir para a África operar as fendas palatinas das mais preciosas crianças necessitadas. Também não poderei dizer a eles que as gêmeas da minha filha Abby acabaram de entrar na pré-escola Montessori. Ou que Abby agora está grávida do meu primeiro neto, enquanto continua tocando na Filarmônica de Nova York. E não vou contar a eles que minha filha mais nova, Olivia, ficou em primeiro lugar este ano nas Regionais de Ginástica do Estado de Nova York.

Mas aqui vai o meu dilema: posso ter algumas notícias REALMENTE importantes para compartilhar em breve. E me pergunto se você acha que poderia aborrecer Riley se eu compartilhasse apenas essa notícia com todos, principalmente se a notícia fosse dela?

Sinceramente,

Sra. Fanfarrona

A pergunta da minha mãe foi seguida pela resposta típica.

Cara sra. Fanfarrona,

Você disse que o nome da sua filha é Riley? Acho que sei exatamente quem você é.

Na verdade, suas cartas desagradáveis foram o que primeiro levou Riley a nos escrever.

Se você me perguntar, essas cartas a salvaram.

Se ela não tivesse me escrito sobre elas, nunca teria saído de seu medo. Eu a incentivei a sair e viver um pouco. Mas, acima de tudo, se ela não tivesse me enviado aquela mensagem, nunca poderia ter discutido por e-mail com aquele cara, Kennedy. Suas interações acaloradas foram as preliminares que os uniram.

Então, pode-se dizer que você começou tudo, sra. Fanfarrona. Deveria estar orgulhosa. Se não fosse por aquela carta de Natal irritante, Kennedy não estaria se ajoelhando… neste segundo.

Parei de ler.

Se ajoelhando?

Levei alguns segundos para perceber o que realmente estava acontecendo.

Quando olhei para Kennedy, em vez de uma caixa de anel, ele estava segurando minha boneca Lovey. *Minha mãe deve ter dado a ele. Mas quando?*

Ele começou a torcer a cabeça, enfiou a mão dentro do corpo oco dela e tirou o mais lindo anel de diamante redondo. A luz da manhã brilhou na pedra enquanto ele o segurava entre o polegar e o indicador.

Em seguida, ele se ajoelhou ao pé da cama.

— Riley Kennedy, a partir do momento em que nossos caminhos, e e-mails, se cruzaram, eu soube que era, de alguma forma, mágica. Você sempre foi a mulher com quem eu deveria estar. Este ano com você foi o melhor da minha vida. E sei que cada ano com você será melhor do que o anterior. Você me daria a honra de ser minha esposa?

Minhas mãos tremiam. Nem tive que pensar quando respondi:

— Sim! Claro que vou me casar com você! Eu te amo muito, Kennedy Riley. Sim! Sim! Sim!

Depois que ele colocou o anel no meu dedo, cobri seu rosto com beijos, e ele desabou sobre mim enquanto enchíamos o ar com os sons suaves de nossa celebração privada.

Algum tempo depois, ele deu outro beijo suave nos meus lábios e murmurou:

— Você não terminou a carta.

Peguei o papel que havia caído das minhas mãos e li o restante da resposta de Soraya.

Ah, e, Riley? Você deveria dizer sim, mesmo que ele possa ser um cavalo burro. (Vire para ver a Prova A.)

No verso, havia uma foto que Kennedy deve ter enviado a ela. Era uma selfie dele e do cavalo branco que ele teve que abandonar. Ele parecia perturbado e exausto enquanto o cavalo mostrava seus enormes dentes e parecia estar sorrindo vitoriosamente.

Eu fingi estar falando com ela.

— Isso não é um cavalo burro, Soraya. É do meu noivo que você está falando. O futuro sr. Kennedy Kennedy.

Seus olhos se arregalaram.

— Não tenho certeza se você está brincando, querida, mas para que fique registrado, posso ficar com o seu sobrenome se você não quiser ser Riley Riley.

— Estou brincando. — Eu ri. — Quero ter o seu nome. Daremos um jeito nisso.

Ele deu um beijo firme nos meus lábios e segurou meu rosto, pressionando a testa na minha enquanto declarava:

— Não me importo se você for Riley Kennedy, Riley Riley ou Riley Kennedy-Riley, contanto que eu possa chamá-la de minha para sempre.